전시 조종사

전시 조종사

생텍쥐페리 지음 | 안응렬(전 한국외대 교수) 옮김

차 례

전시 조종사 • 7

작품 해설 및 작가 연보 • 219

전시 조종사

1

내가 아마 꿈을 꾸고 있나 보다. 나는 중학교에 다닌다. 나이는 15살이다. 나는 끈기 있게 기하 문제를 풀고 있다. 이 검은 책상에 팔을 괴고 앉아 얌전하게 컴퍼스와 자와 분도기를 쓰고 있다. 나는 근면하고 침착하다. 내 곁에서는 동료들이 작은 목소리로 이야기한다. 그중 한 사람은 흑판에 숫자를 늘어놓는다. 좀 덜 성실한 몇 사람은 브리지를 하고 있다. 이따금씩 나는 꿈속으로 한층 깊이 잠겨 들어가며 창문으로 밖을 내다본다. 나뭇가지가 햇볕을 받으며 조용히 흔들리고 있다. 나는 오랫동안 내다본다. 나는 정신이 산만한 학생이다. 나는 책상과 분필과 어린아이 냄새를 맡는 것이 즐거운 것처럼 이 햇볕을 맛보는 것도 즐겁다. 나는 보호가 잘 된 이 소년 시절 속으로 몹시도 기쁜 마음으로 파묻혀 들어간다. 나는 잘 안다. 우선 소년 시절이 있었고, 중학교가 있었고, 동료들이 있었고, 시험을 치르는 날이 온다는 것을, 무슨 증서를 받는 날이 오고, 가슴을 죄며 어떤 현관을 지나가고, 그것을 넘으면 별안간 한 사람의 성인이 되는 그날이 온다는 것을 나는 잘 알고 있다. 나는 벌써 인생 행로를 걷는 것이다. 인생 행로의 첫발을 떼어놓는 것이다. 사람은 마침내 실제로 적들을 향해 무기를 시험한다. 사람들은 자와 삼각자와 컴퍼스 이런 것들을 세계를 건설하기 위해 혹은 적을 쳐서 이기기 위해 쓴다. 장난은 이미 끝난 것이다.

중학생은 흔히 겁없이 인생 혹으로 뛰어든다는 것을 나는 안다. 중학생은 지루해서 발을 동동 구른다. 어른의 생활에 붙어 다니는 노고도 위험도 쓴맛도 중학생에게는 겁이 나지 않는다. 그러나 나는 이상야릇한 중학생이다. 나는 자기의 행복을 알고 있고 생활의 모험에 뛰어들기가 그다지 급하지 않은 중학생이다.

뒤테르트르가 지나간다. 나는 그를 부른다.

"게 좀 앉게. 카드 요술을 해 보일 테니……."

그리고 나는 그가 집어든 스페이드 A를 찾아내는 것이 기쁘다.

내 맞은편에는 내 책상과 같은 검은 책상에 뒤테르트르가 걸터앉아 다리를 흔들고 있다. 그는 웃는다. 나는 약간 빙그레 웃는다. 페니코가 우리 있는 데로 와서 내 어깨에 팔을 얹는다.

"어떤가, 이 사람아?"

아아, 모두가 이 얼마나 정다운가!

사감—그가 사감이던가?—이 문을 열고 두 사람의 동료를 부른다. 그들은 자와 컴퍼스를 놓고 일어나 나간다. 우리는 그들을 눈으로 전송한다. 그들에게는 중학교가 끝이 났다. 그들은 인생 속으로 내보내지는 것이다. 이제 그들의 지식이 소용이 될 참이다. 그들은 어른들처럼 적수를 향해 그들의 산수 공식을 시험할 참이다. 한 사람씩 차례차례 나가는 야릇한 중학교, 그것도 엄숙한 작별조차 하지 않은 채. 이 두 동료는 우리를 돌아다보지도 않는다. 인생살이를 해 나가는 중에 어쩌면 그들이 중국보다도 더 먼 곳으로 갈지도 모른다. 아주 까마득하게 더 멀리로. 중학교를 나와서 인생이 사람들을 흩어 놓을 때에, 그들이 반드시 다시 만난다고 할 수 있겠는가?

아직 부란기(달걀을 인공적으로 부화시키는 데 쓰는 기구) 속과 같은 따뜻한 평화 속에 사는 우리는 고개를 수그린다.

"이것 봐. 뒤테르트르, 오늘 저녁……."

그러나 같은 문이 다시 한 번 열리며, 판결 언도 같은 것이 들려온다.

"생텍쥐페리 대위와 뒤테르트 중위, 대장님 방으로 오시오."

중학교는 끝이 났다. 이제는 인생이다.

"자네는 우리 차례라는 걸 알고 있었나?"

"페니코가 오늘 아침 비행했거든."

호출 당하는 것을 보니 우리는 아마 어디로 파견되는 모양이다. 지금은 5월 말, 우리는 한창 후퇴하는 중이요, 한창 패배하는 중이다. 산불이 난 곳에 컵으로 물을 붓듯 탑승원을 희생시키는 중이다. 모든 것이 무너지는데, 어떻게 위험도를 계산할 수 있겠는가? 우리는 아직 프랑스 군 전체에 남아 있는 50개 대의 정찰 비행대 소속 탑승원들이다. 세 사람씩의 탑승원으로 된 50개 대, 그중에서 23개 대가 우리의 2의 33 비행대에 소속되어 있다. 3주일 동안 우리는 23개 대 중에서 17개 대를 잃었다. 우리는 밀초 모양으로 녹아 버렸다. 나는 어제 가보알 중위에게 말했다.

"이 문제는 전쟁이 끝난 뒤에 생각해 보세."

그랬더니 가보알 중위는 이렇게 대답했다.

"대위님, 그래 전쟁을 치르고 나서도 살아 있으리라고 생각하시는 건 아니겠지요?"

가보알은 농담을 하는 것이 아니었다. 우리는 그렇게 하는 것이 아무 쓸데없는 일임을 알면서도, 그 이글이글 타오르는 숯불 속으로 뛰어들지 않고는 어떻게 할 수가 없다는 것을 잘 알고 있었다. 우리 프랑스 전체를 위해서는 단지 50개 대가 남아 있다. 프랑스 군 전체의 전술이 완전히 우리 양어깨에 걸려 있는 것이다. 여기에 불이 활활 붙는 대산림이 있고, 그것을 끄기 위해 희생시킬 몇 잔의 물이 있다. 그러므로 그 물 몇 잔을 희생시키는 것이다.

그것은 옳은 일이다. 누가 불평하려고 생각하겠는가? 우리 대에서 '좋습니다, 대장님. 예, 대장님. 고맙습니다, 대장님. 알았습니다, 대장님' 하는 외의 다른 대답은 들은 적이 언제 있었던가? 그러나 이 전쟁 말기에 있어서는 다른 모든 인상을 압도하는 인상이 있다. 그것은 우스꽝스럽다는 인상이다. 우리 주위에서는 모든 것이 흔들리고 모든 것이 무너져 버린다. 너무도 전면적인 것이라 죽음조차도 우스꽝스럽게 생각될 지경이다. 이 혼란 속에서는 죽음까지도 진지함을 잃었다.

우리는 알리아스 대장 방으로 들어갔다. 그는 지금도 튀니스에서 2의 33 비행대를 지휘하고 있다.

"생텍스, 잘 있었소? 뒤테르트, 잘 있었소? 앉으시오."

우리는 앉는다. 대장은 책상 위에 지도를 펼쳐 놓고 당번병을 돌아보며 말한다.

"가서 기상 통보를 가져오게."

그러고 나서 그는 연필로 책상을 똑똑 두드린다. 나는 그를 살펴본다. 그의 얼굴은 초췌해 보인다. 잠을 자지 못한 것이다. 그는 자동차로 어디 있는지도 모르는 사령부, 부대 사령부를 찾아 이리저리 헤맸다. 그는 부속품을 내주지 않는 자재 창고와 싸움도 해보았다. 그는 도중에서 어떻게 헤어날 수 없는 거마(車馬)의 혼잡 속에 끼여들기도 했다. 최근에 그는 또 이삿짐을 내가고 들여놓고 하는 것을 지휘하기도 했다. 왜냐하면 우리는 무자비한 집달리에 쫓기는 불쌍한 사람들처럼 기지를 자꾸 옮기기 때문이다. 알리아스는 이럴 때마다 비행기와 트럭과 10톤 가량의 자재를 구해 내는 데 성공했다. 그러니 그가 기진맥진했을 것이 우리에게도 짐작이 간다.

"자, 그런데 말이오……."

그는 여전히 책상을 또닥거리며 우리 쪽은 바라보지도 않는다.

"참 곤란한 일인데……."

그리고 그는 어깨를 들썩거린다.

"곤란한 임무요. 그렇지만 사령부에서는 꼭 해 달라는 거요. 아무래도 꼭 해주어야 되겠다는 거요. 나는 항의도 해보았지만 막무가내요. 어쩔 수 없는 일이오."

뒤테르트르와 나는 창문으로 고요한 하늘을 내다본다. 암탉들이 꼬꼬대는 소리가 들린다. 정보실이 어떤 학교 건물 안에 자리잡고 있듯이 부대장 사무실은 어떤 농가에 자리잡고 있는 것이다. 나는 여름이라든지, 익어 가는 과일이라든지, 살쪄 가는 병아리라든지, 자라는 밀 포기 따위를, 우리에게 임박해 오는 죽음과 비교해서 생각할 마음은 없다. 나는 무엇을 가지고 고요한 여름이 죽음을 부정한다고 하며, 무엇을 보고 조용한 사물들이 모순이라고 해야 할지 찾아내지 못한다. 그러나 이런 막연한 생각이 떠오른다.

'이것은 고장난 여름이다. 고장을 일으킨 여름······.'

나는 내버린 탈곡기를 보았다. 내버린 농장 트랙터들을, 길가의 도랑에 고장난 자동차가 버려진 것을, 버려진 동네들을 텅 빈 어떤 동네의 수도꼭지에서는 물이 마냥 흘러나오고 있었다. 맑은 물은 흐린 물로 변했다. 사람들의 그 많은 손이 간 그 물이 말이다. 별안간 어처구니없는 모습이 내 눈앞에 나타난다. 움직이지 않는 시계, 정거장의 시계, 빈집의 벽난로 위에 놓인 그리고 도망친 시계포의 태엽을 감아 죽은 시계의 해골 무더기. 전쟁 때문에 사람들은 시계의 태엽을 감아 주지 않았다. 떨어진 사탕무도 줍지 않는다. 차량도 고치지 않는다. 그리고 목마름을 풀기 위해서, 혹은 동네 여인들이 주일에 걸칠 아름다운 레이스를 빨기 위해 틀어 놓은 물이 성당 앞으로 흙탕을 이루며 흘러내린다. 그리고 사람들은 여름인데 죽는다.

그것은 마치 내가 병에 걸린 것이나 다름없었다. 의사는 방금 내게 이런 말을 했다. '참 곤란하게 되었습니다······.' 그러면 공증인 생각도 해야 하겠고, 유족들 생각도 해야 할 것이다. 사실 뒤테르트르와 나의 희생적인 어떤 임무 이야기라는 것을 알았다.

"현 정세로 봐서는 위험도 같은 것을 과히 문제삼을 수 없다는 말이오……."

대장은 이렇게 말을 마친다.

물론 그렇다. 너무 문제삼을 수도 없다. 그리고 아무에게도 잘못이 없다. 우리가 우울한 기분을 가지는 것도 잘못이 아니고, 대장이 거북해 하는 것도, 사령부에서 명령을 내리는 것도 잘못이 아니다. 이 명령들이 어처구니없는 것이기 때문에 대장은 얼굴을 찡그린다. 우리도 그것을 안다. 아니 사령부 자체도 그것이 어처구니없는 것임을 잘 알고 있다. 사령부에서는 이 명령들을 훌륭한 기사들에게, 좀 더 현대적으로 말하면 오토바이 병들에게 맡긴다. 혼란과 절망이 판을 치면 그곳에 이 훌륭한 기사들은 하나하나 김이 무럭무럭 피어오르는 말에서 뛰어내린다. 그는 삼왕(三王)의 별처럼 미래를 가르쳐 준다. 그는 진리를 가져다 준다. 그러면 명령은 세계를 재건한다.

이것은 전쟁의 약도이다. 채색으로 그린 전쟁의 그림책이다. 그래서 각 사람이 전쟁을 전쟁다운 것으로 만들려고 애쓴다. 그렇게 되면 혹시 이 전쟁이 전쟁다워질지도 모른다.

그리고 이 전쟁이 전쟁다워지게 하려고 사람들은 확고한 목적도 없이 탑승원들을 희생시키는 것이다. 이 전쟁이 뭐가 무엇인지도 모르겠다는 것, 아무 의미가 없다는 것, 아무 약도 들어맞지 않는다는 것, 꼭두각시들과는 이미 이어지고 있지도 않은 줄들을 점잖게 잡아당기고 있다는 것을 아무도 인정하려 들지 않는다. 사령부에서는 아무데도 이르지 못할 명령들을 자신 있게 발송한다. 우리에게는 수집할 수도 없는 정보들을 요구한다. 비행대가 사령부에게 전쟁을 설명해 줄 직책을 맡을 수는 없다. 비행대는 그 관측으로 가정(假定)을 심사할 수는 있다. 그러나 이미 가정은 없어졌다. 그런데 사실은 한 50개 대 가량의 탑승원들을 보고 전쟁 같지 않은 전쟁에 어떤 모습을 만들어 놓으라고 요구하는 것이다. 사람들은 우리 대하기를 마치 카드 점치는 무리 대하듯 한다. 나는 내 카드 점쟁이―관측 장교인 뒤테르트르를 바라보았다. 그는 어저께 어떤 대령에게 '그래, 지상 10미터를 시속 530킬로미터로 비행하면서 어떻게 진지를 알아내라는 겁니까?' 하고 항의했다. 그러자 '내 참, 어디서 당신을 향해 발포하는지는 보일 게 아니오? 당신을 향해 발포하면 그건 독일군 진지란 말이오.'

"나는 따지고 나서 배를 움켜쥐고 웃었어요."

뒤테르트르는 말을 맺었다.

실상 프랑스 군인들은 비행기라고는 본 적이 없다. 프랑스 비행기 1천 대가 덩케르크에서 알자스에 이르는 지역에 흩어져 있기는 했다. 그 비행기들이 무한 속에 녹아 섞여 버렸다는 편이 더 나을 것이다. 그래서 어떤 비행기가 싸악 하고 바람을 베면 전선을 지나가면 그것은 영락없이 독일 비행기이다. 그러니까 그놈이 폭탄을 떨어뜨리기 전에 쏘아 떨어뜨리도록 힘쓰는 것이 옳다. 그 폭음만 들려와도 벌써 기관총과 속사포가 활동을 개시한다.

"이런 방법으로 수집한 정보니, 그게 어느 짝에 소용이 되겠느냔 말이오."

뒤테르트르는 덧붙여 말했다.

그런데도 사람들은 그런 정보를 믿을 것이다. 전쟁이라는 개념에 의하면 정보를 존중해야 하는 법이니까.

그렇다. 하지만 그 전쟁마저 뒤죽박죽된 것이다.

다행히—우리 정보를 조금도 대수롭게 여기지 않을 것이다—이 점을 우리는 잘 안다. 우리는 그 정보를 전달하지 못할 것이다. 길들이 헤어날 수 없이 복잡할 것이며 전화는 모두 불통일 것이다. 사령부도 급히 다른 데로 이사했을 것이다. 적군의 위치에 대한 중요 정보, 그것은 적군 자신이 제공할 것이다. 우리는 며칠 전, 라옹 근처에서 전선의 추정 위치를 가지고 토론한 일이 있다. 우리는 중위 한 사람을 연락차 사령관에게 보냈다. 우리 기지와 사령부와의 중간 지점에서, 중위의 자동차는 길 한가운데를 비스듬히 막고 있는 롤러 차와 마주쳤는데, 그 뒤에는 장갑차 두 대가 숨어 있었다. 중위는 돌아섰다. 그러나 기관총 소사로 중위는 즉사하고, 운전병은 부상을 당했다. 장갑차는 독일군의 것이었다.

결국 사령부는 옆방에서 물어 보는 소리를 들으며 브리지를 하는 노름꾼과 비슷한 것이다.

"스페이드의 퀸을 어떻게 할까요?"

따로 떨어져 있는 사람은 어깨를 으쓱해 보일 것이다. 무슨 카드를 가졌는지 조금도 보지 못한 그가 무엇이라고 대답할 수 있겠는가?

그러나 사령부는 어깨를 으쓱해 보일 권리가 있다. 그가 아직 기뻐할 수 있는 재료가 있으면 그것을 손아귀에 꼭 붙들어 두기 위해서 그것을 활동시켜야 하고, 전쟁이 계속되는 한 그것을 가지고 어떤 짓이든 다 해보아야만 하는 것이다. 맹목적으로나마 자기도 행동하고 남도 활동시켜야 하는 것이다.

그러나 스페이드의 퀸에게 무턱대고 어떤 임무를 맡기기는 어려운 일이다. 우리는 붕괴가 시작되면 할 일이 없어진다는 사실을 처음에는 이상하게 생각했고, 나중에는 미리 내다보고 있었던 자명한 일처럼 벌써 확신했다. 패군은 급류와 같이 쏟아져 내려오는 어려운 문제에 휩쓸려, 그것을 해결하려고 보병, 포병, 전차, 비행기 따위를 최후의 하나까지 말끔히 써 버리는 것으로 사람들은 생각하지만, 패전은 우선 문제들을 살짝 빼돌려 놓고 만다. 노름판이 어떻게 돌아가는지 도무지 알지 못하게 되는 것처럼 비행기며, 전차며, 스페이드의 퀸 따위를 어디다 써야 할지 알지 못하는 것이다.

그 카드를 유효하게 쓰는 방법이 없을까 하고 찾아내느라고 머리를 쥐어짠 끝에, 결국은 그것을 무턱대고 상위에 내던지는 것이다. 그저 한없이 속이 상할 뿐 흥분이라는 것은 없다. 승리만이 흥분을 일으키는 것이다. 승리는 조직하고, 승리는 건설한다. 그리고 저마다 돌들을 나르느라고 숨을 헐떡인다. 그러나 패전은 사람들을 지리멸렬하고 따분하고 무엇보다도 쓸데없다는 분위기 속에 잠기게 한다.

왜냐하면 우선 우리에게 요구되는 사명으로 말하더라도 쓸데없는 것이기 때문이다. 날이 갈수록 더 쓸모 없는 것이다. 더 피비린내가 나고 더 쓸데없어져 가는 것이다. 명령을 내리는 사람들이 산이 무너져 내려오는 것에 대항할 것이라고는 노름 탁자 위에 마지막 아투(으뜸패)를 내던지는 것밖에 다른 수가 없다.

뒤테르트르와 나는 아투 짝이다. 그래서 우리는 대장의 말에 귀를 기울인다. 그는 오후의 과정을 우리에게 자세히 설명해 준다. 1만 미터의 고도로 오랫동안 비행을 하고 나서 돌아오는 길에 700미터의 저공 비행으로 아라스 지방의 전차 집결지를 정찰해 오라고 우리를 보내는 것이었는데, 그 목소리는 우리더러 '그러고는 오른쪽 둘째 길로 들어서서 처음 나오는 모퉁이까지 가면 담배 가게가 하나 있으니 거기서 성냥을 사다 달란 말이오' 라는 말이라도 하는 듯한 말투였다.

"좋습니다, 대장님."

성냥을 사 오라는 심부름보다 더 중요하지도 덜 중요하지도 않은 그런 사명이었다. 그 사명을 전달해 주는 말시 또한 서정적인 것도 아니요, 덜 서정적인 것도 아니었다.

나는 생각한다. '희생적인 사명이다' 라고. 나는, 나는 여러 가지를 생각한다. 내가 살아 있다면 밤이 된 다음에 골똘히 생각해 보리라. 그러나 살아 있다면 말이다. 쉬운 임무인 경우에도 셋에 하나가 돌아오는 형편이다. 임무가 약간 곤란한 때에는 물론 돌아오기가 더 어렵다. 그런데 여기 대장의 방에 있으면 나는 죽음이 숭고하다고도, 장엄하다고도, 영웅적이라고도, 비통하다고도 생각하지 않는다. 죽음은 오직 무질서의 한 표상일 뿐이요, 무질서의 한 결과일 뿐이다. 갈아타는 역의 혼란 통에 짐을 잃어버리듯 비행대는 우리를 잃을 뿐이다.

하기는 내가 전쟁이나, 죽음이나, 희생이나 프랑스에 대해서 아주 동떨어진 생각을 하고 있는 것은 아니다. 다만 내게는 나를 이끌어 주는 사변력과 명쾌한 언어가 없는 것이다. 내 사고방식은 모순투성이이다. 내 진리는 조각조각나서 나는 그것들을 하나씩 생각할 수밖에 없다. 만약에 내가 살아온다면 밤이 된 뒤에 깊이 생각해 보리라. 사랑하는 밤, 밤이 오면 이성은 잠을 자고, 단지 사람들이 있을 뿐이다. 중요한 사물들은 제 모습을 도로 찾아 낮 동안의 분석의 파괴에서 되살아난다. 사람들은 그것들의 부서진 조각들을 주워 붙여 다시 조용한 나무가 된다.

낮은 부부 싸움의 무대가 된다. 그러나 밤이 되면 말다툼을 한 그들은 사랑을 다시 찾아낸다. 왜냐하면 사랑은 휘몰아치는 말의 폭풍보다도 더 위대하기 때문이다. 그리하여 남편은 창가에 팔을 괴고 서서 별을 쳐다보며, 잠든 아이들과 내일의 빵과 몹시도 여리고 섬약하고 단명한, 거기 누워 있는 아내의 잠에 대해 새삼스럽게 책임을 느낀다. 사랑에는 이론이 없다. 그것은 그저 있는 것이다. 밤이여, 어서 와서 사랑을 얻을 값어치가 있는, 어떤 명백한 진리가 내게 나타나게 해주렴! 문명에 대해서, 사람의 운명과 우리나라에 있어서의 우정의 맛에 대해서 생각하게 해주렴! 아직은 표현할 길이 없을지도 모르는 어쩔 수 없는 어떤 진리를 위해 일할 소원이 생기게 해주렴!

지금 당장에 나는 성스러운 은총을 잃은 그리스도 교인과도 같다. 나는 뒤테르트르와 함께 정직하게 내 구실을 할 것이다. 이것은 분명하다. 그러나 이미 내용을 가지지 못하게 된 사람들이 의식만을 그대로 행하는 것과 같은 기분일 것이다. 신이 거기서 물러갔을 때처럼, 내가 만약 그때까지도 살아 있으면 밤을 기다려 나는 우리 동네를 건너지르는 한길을, 내가 좋아하는 고독에 둘러싸여 걸으며 거기에서 내가 왜 죽어야 하는지 찾아내도록 하리라.

2

나는 꿈에서 깨어난다. 대장은 느닷없이 내게 이상야릇한 제안을 한다.

"이 임무가, 정 마음에 내키지 않으면…… 마음이 개운하지 않다면 본관은……."

"원, 대장님도!"

대장도 이런 제안이 어이없는 것이라고는 잘 알고 있다. 그러나 어떤 탑승원의 한 패가 돌아오지 않을 적에, 사람들은 그들이 출발할 적에 보여 준 심각한 얼굴이 생각나는 것이다. 사람들은 그 심각한 표정을 무슨 예감의 조짐인 것처럼 생각해서는 그것을 업신여긴 것을 자책한다.

대장의 이 걱정을 대하니 나는 이스라엘 생각이 났다. 그저께 나는 정보실 창문턱에서 담배를 피우고 있었다. 내가 창문에서 발견했을 때 그는 빠른 걸음으로 걷고 있었다. 그의 코는 붉었다.

몹시 묽고 큰, 틀림없는 유대인의 코였다. 나는 이스라엘의 붉은 코를 보고 별안간 가슴이 섬뜩했다.

그 코의 주인공 이스라엘에 대해 나는 깊은 우정을 품고 있었다. 그는 우리 비행대의 동료 조종사들 중에서 가장 용감한 축에 들었다. 가장 용감하고도 가장 겸손한 축에 들었다. 사람들이 그에게 자주 유대인다운 조심성이라고 들려주었기 때문에 그는 자기의 용기를 조심성이라고 생각한 모양이다. 그는 승리자가 되는 데에도 조심성이 있었다.

그건 그렇고, 나는 그의 붉은 코를 눈여겨보았는데, 걸음이 빨라서 이스라엘과 그의 코가 이내 사라져 버렸기 때문에 그것은 그저 내게 잠깐 동안 반짝인 정도였다. 나는 농담할 생각도 없이 가보알을 돌아보며 말했다.

"저 사람은 왜 저럴까?"

"어머니가 그렇게 낳아 주었겠지."

가보알은 대답했다. 그러고는 이렇게 덧붙였다.

"우스꽝스러운 저공 비행 임무야. 지금 떠나는 길일세."

"아, 그래!"

그래서 그날 밤 우리가 이스라엘의 귀환을 더 이상 기다리지 않게 되었을 적에, 나는 무표정한 얼굴로 한가운데 자리잡고 앉아, 천재인 양 가장 침통한 근심을 표시하던 그 코를 생각했다. 만약에 내게 이스라엘의 출발을 명령한 책임이 있었더라면 그 코의 모습은 오래오래 두고 무슨 책망처럼 내 머리를 번거롭게 했을 것이다. 물론 출격 명령을 받고 이스라엘은 그저 '예, 대장님 좋습니다, 대장님. 알았습니다, 대장님' 하는 말 이외에는 하지 않았을 것이다. 물론 이스라엘은 얼굴 근육 하나 까딱하지 않았을 것이다. 그러나 조용히, 음흉하게, 모르는 결에 그 코가 더 붉어졌을 것이다. 이스라엘은 제 얼굴의 근육은 제압할 수 있었으나 코의 빛깔은 어찌지 못했다. 그래서 코는 그 틈을 타서 아무 말 없이 저절로 의사 표시를 한 것이다. 코는 이스라엘이 모르는 사이에 대단한 불복을 대장에게 표시한 것이다.

그래서 대장은 무슨 예감에 사로잡혀 고민한다고 생각되는 사람들은 떠나 보내기를 몹시 꺼리는 모양이다. 예감은 거의 언제나 맞지 않는다. 그러나 군사상 명령에 형을 언도하는 듯한 억양을 붙여 주는 것이다. 알리아스는 지휘관이지 재판관이 아니다.

이와 같이 전날 T 특무 상사에게는 이런 일이 있었다.

이스라엘의 용감함에 비해 T 특무 상사는 겁이 많았다. 내가 아는 한도 내에서는 실제로 공포증을 느끼는 사람은 이 사람뿐이었다. T에게 어떤 전투 명령을 내리면 그에게는 이상한 현기증이 나타났다. 그것은 간단하고, 가혹하고 그리고 느린 어떤 반응이었다. T의 몸은 천천히 발에서부터 머리 쪽으로 올라가며 뻣뻣해졌다. 그의 얼굴은 모든 표정을 씻어 낸 듯했다. 그리고 눈이 빛을 내기 시작하는 것이다.

코가 아주 어리둥절하던 이스라엘, 죽기 쉬우리라는 생각에 코가 당황해 하던 이스라엘과는 반대로, T는 몹시 약이 올라 있으면서도 아무런 내면적인 충동도 드러내지 않았다. 그는 아무 반응도 보이지 않고 그저 변모했다. T에게 말을 끝내고 나면 그의 마음에 공연한 고민을 불질러 놓았다는 생각만 들 뿐이었다. 고민은 그의 얼굴에 기복 없는 밝음을 퍼뜨리기 시작했다. 이렇게 되면 T는 어떻게도 건드릴 수 없는 사람이 되었다. 그와 우주 사이에는 무관심도 건드릴 수 없는 사람이 되는 것처럼 느껴진다. 나는 일찍이 어떤 곳에서도, 세상의 어떤 사람에게서도 이 같은 형태의 혼이 빠져나간 상태를 본 적이 없다.

"그날 절대로 그는 떠나 보내지 말아야 할 것 그랬소."

대장은 나중에 이렇게 말했다.

그날 대장이 T에게 출격을 명령했을 때 T는 얼굴이 하얘지지도 않았을 뿐만 아니라 미소까지 띠기 시작했다. 그저 빙그레 웃기만 했다. 형 집행인이 실제로 경계표를 넘어 들어올 때 사형수들이 아마 이렇게 되는지도 모른다.

"몸이 불편한 모양이군. 다른 사람을 대신 보내도록 하지."

"아닙니다, 대장님. 제 차례니 제가 가야지요."

이렇게 말하며 T는 부대장 앞에 부동자세로 서서 꼼짝하지 않고 대장을 똑바로 바라보았다.

"그렇지만 자네가 자신이 없는 것 같으면."

"제 차례인걸요, 대장님. 제 차례예요."

"내 참, T······."

"대장님······."

그는 돌덩어리라도 된 듯 했다. 알리아스는 이렇게 말했다.

"그래서 나는 그를 떠나 보낸 거요."

그 뒤에 일어난 일에 대해서는 아무런 설명도 얻지 못하고 말았다. 기상 사수였던 T는 적의 전투기의 공격 태세의 목표가 되었지만, 그가 타고 있던 전투기는 기관총이 고장났기 때문에 되돌아오고 말았다. 조종사와 T는 기지 비행장 근처까지 서로 말을 주고받았지만, 조종사는 아무 이상도 발견하지 못했다. 그러던 것이 도착하기 5분 전에는 아무 대답도 들려오지 않았다.

그런데 저녁때 비행기의 꼬리 날개에 두개골이 부서진 T가 발견되었다. 그는 비행기가 전속력으로 날고 있을 때에 가장 불리한 조건 속에서 낙하산으로 뛰어내렸다. 그것도 우군 지역에 들어서서 아무런 위협도 받지 않게 되었을 적에 그런 것이다. 적 전투기의 통과가 결코 저항할 수 없는 인력을 작용한 것이다.

"가서 옷을 갈아입고 5시 반에는 이륙하도록 하시오."

대장은 우리에게 말했다.

"다녀오겠습니다, 대장님."

대장은 어정쩡한 몸짓으로 대답했다. 미신이랄까. 내 담뱃불이 꺼져 아무 생각 없이 주머니를 뒤지고 있으려니까,

"당신은 왜 도무지 성냥을 넣고 다니는 일이 없소?"

사실 그렇다. 그래서 나는 그렇게 하직 인사를 하고 문지방을 넘으면서 자문한다. '나는 왜 성냥을 가지고 다니지 않는 걸까?'

"이번 파견이 대장의 마음에 꺼림칙한 모양이지."

뒤테르트르가 해석을 붙인다.

그러나 나는 생각한다. 그 사람이야 이것을 대수롭게 여기지도 않는다. 그러나 이런 부당한 순간적인 불평을 품으려 내가 생각한 것은 알리아스가 아니다. 나는 에스프리(정신)의 생활은 간헐적이라는, 아무도 자백하지 않는 자명한 사실에 속이 상하는 것이다. 지성의 생활만이 영속적이거나 그것에 가까운 것이다. 내 분석 능력에는 변화가 별로 없다. 그러나 정신은 대상을 고려하지 않고 그것들을 연결시키는 의미를 고려한다. 얼굴 표정을 통

해 속을 알아볼 수 있는데 정신은 완전한 시력에서 절대적인 맹목으로 건너간다. 자기 터를 사랑하는 자는 언젠가는 거기에 어울리지 않는 물건들의 무더기밖에는 발견하지 못하게 된다. 아내를 사랑하는 자는, 언젠가는 사랑 속에서 근심과 역경과 속박 외에는 보지 못하게 된다. 이러저러한 음악을 감상하는 자는 거기에서 아무 감흥도 받지 못하는 때가 온다. 내가 우리 조국을 이해하지 못하는 지금 같은 그런 시간이 오는 것이다. 한 나라라는 것은 내 지성이 늘 파악할 수 있는 지방과 풍속과 물자의 총화가 아니다. 그것은 하나의 존재이다. 그런데 내가 나 자신이 존재들에 대해 맹목적인 것을 깨닫는 때가 오는 것이다.

 알리아스 대장은 사령관한테 가서 밤새 순수 논리에 대해 토론했다. 순수 논리라는 것은 정신 생활을 황폐하게 만든다. 그리고서 대장은 돌아오는 길에 영 헤어날 수 없는 혼잡 속에 휩쓸려 기진맥진해 버렸다. 그리고 비행대에 돌아와 보니 수없이 많은 물질적 곤란이 그를 기다리고 있었다. 그것은 막을 수 없는 사태의 천 가지 결과처럼 사람을 야금야금 갉아먹는 것이었다. 마침내 그는 어처구니없는 임무를 띄워 보내려고 우리를 불러낸 것이다. 우리는 전반적으로 지리멸렬의 우롱물이다. 대장이 볼 적에 우리는 남과 다른 모양으로 사물을 본다든가 보지 않는다든가, 웃는다든가, 생각한다든가, 걷는다든가, 마신다든가 하는 생텍쥐페리나 뒤테르트르가 아니다. 우리는 큰 건물을 짓는 데에 소용되는 조각들이다. 그 전체를 보기 위해서는 더 많은 시간과 침묵과 더 큰 거리가 필요한 그런 큰 건물 말이다. 내가 만일 얼굴 찡긋거리는 버릇이 있다면 알리아스는 그 얼굴 표정밖에는 모를 것이다.

그가 아라스 상공으로 떠나 보내는 것은 얼굴 찡긋거리는 표정밖에는 없을 것이다. 붕괴 속에서 제시되는 수많은 문제의 혼란 속에서 우리 자신 또한 산산조각 난다. 그 목소리, 그 코, 그 찡긋거리는 얼굴 따위로 그리고 그 파편들은 사람들을 감동시키지는 못한다.

여기서 이야기하는 것은 결코 알리아스 대장에 대한 것이 아니고 모든 삶에 대한 것이다. 장례식이라는 고역을 치를 적에 우리는 죽은 사람은 사랑했지만 죽음과 접촉하는 것은 아니다. 죽음은 위대한 사실이다. 죽음은 죽은 사람의 사상과 물건과 습관과의 새로운 교섭망이다. 죽음은 세계를 정비하는 것이다. 외면적으로는 변한 것이 없지만 실상은 모두가 변했다. 책의 페이지는 같지만 그 뜻은 같지 않다. 우리가 죽음을 깨닫기 위해서는 우리에게 그 죽은 사람이 필요한 때를 상상해야 한다. 그때는 그가 아쉽다. 죽은 사람이 우리를 필요로 했을 때를 생각해야 한다. 그러나 그에게는 우리가 필요 없다. 친구가 찾아오는 시간을 상상해야 한다. 그러나 지금은 그 시간이 텅 비어 있다는 것을. 우리는 인생을 멀리 내다보아야 한다. 하나 장사를 지내는 날에는 원근법도 거리도 없다. 죽은 사람은 아직도 조각이 된 그대로다. 장사를 지내는 날에는 발을 동동 구른다든지, 진실한 친구나 거짓 친구와 악수를 나눈다든지, 물질적인 걱정을 한다든지 해서 정신이 산만해지는 것이다. 그래서 죽은 이는 내일이 되어 조용해져야 비로소 정말 죽은 것이다. 그는 우리 앞에 그 완전한 자태를 나타내고, 우리의 본질에서 자신의 자취를 완전히 사라지게 하는 것이다. 그때에야 비로소 우리는 떠나가는 그 사람, 붙잡을 수 없는 그 사람 때문에 통곡할 것이다.

나는 전쟁을 그린 에피날 식 판화를 좋아하지 않는다. 거기에는 굳건한 용사가 눈물을 집어삼키며 돼먹지도 않은 재담으로 슬픔을 감추지만 그것은 거짓이다. 굳건한 용사는 아무것도 숨기지 않는다. 그가 재담을 한다면 재담을 생각하고 있기 때문이다.

인간의 질이 문제되는 것은 결코 아니다. 알리아스 대장은 완전히 감격을 아는 사람이다. 만일 우리가 돌아오지 않으면 그는 아마도 다른 사람보다도 더 괴로워할 것이다. 다만 우리에게 대해서만 그렇다는 말이지 여러 가지 자질구레한 문제가 합쳐진 것에 대해서도 그렇다는 말은 아니다. 다만 조용해져서 이런 추억을 그가 되살릴 수 있게 되어야 그렇다는 말이다. 왜냐하면 만일 우리를 쫓아다니는 집달리가 비행대를 어디로 옮겨가지 않을 수 없게 한다면 우리의 죽음은 다음으로 미루어질 것이기 때문이다. 그러면 알리아스는 그로 인해 괴로워하는 것을 잊을 것이다.

이와 같이 무슨 임무를 띠고 떠나는 내가 생각하는 것은 서구의 나치 반대 투쟁이 아니다. 나는 곧 뒤따르는 자잘한 문제를 생각하는 것이다. 나는 아라스 상공을 고도 700미터로 비행하는 것이 언어도단이라는 생각을 하는 것이다. 우리에게 요구하는 정보가 헛되다는 것을 생각하는 것이다. 내게는 사형 집행인에게 보이려는 화장처럼 여겨지는 몸차림이 느껴지는 것을 생각하는 것이다. 그리고 내 장갑을 생각하는 것이다. 대관절 장갑은 어디 가서 처박혔단 말인가! 나는 장갑을 잃어버렸다.

벌써 내가 사는 대성당이 보이지 않게 되었다.

나는 죽은 신을 섬기기 위해 옷차림을 하는 것이다.

3

"빨리 해. 장갑은 어디 있어? 아니야. 그건 아니야. 내 배낭 속을 찾아 봐……."

"보이지 않는데요, 대위님."

"이 바보야."

그들은 모두가 바보다. 내 장갑을 찾아 주지 못하는 그도 바보요. 저공 비행의 임무라는 생각밖에 하지 못하는 사령부의 그 작자도 바보이다.

"연필을 가져오라지 않았어? 연필을 가져오라고 한 지가 벌써 10분은 된단 말이야. 연필이 없나?"

"있습니다, 대위님."

이놈은 똑똑하구나.

"이 연필을 노끈에 달아 매 주게. 그리고 그 노끈을 이 단춧구멍에 잡아 매 주고…… 이거 봐, 기총수. 당신은 급하지 않은 모양이군 그래."

"다 준비가 다 되어 그럽니다, 대위님."

"아! 그런가."

이번에는 관측 장교이다. 나는 그 쪽으로 돌아선다.

"되었소? 뒤테르트르, 잊어버린 거 없소? 진로 계산은 해 두었소?"

"진로 계산을 해 두었습니다, 대위님."

진로 계산을 해 놓았단다. 희생적인 출동······. 아무에게도 필요하지 않을뿐더러 우리 중에 한 사람이 살아 남아서 보고한다 하더라도 그 누구에게도 전달될 리 없는 정보를 모으기 위해 탑승원 한패를 희생시키는 것이 도대체 정신 있는 짓인가 말이다.

"사령부에서는 강신술사(기도나 주문 등으로 몸에 신이 내리게 하는 술법을 지닌 사람)들을 채용해야 할 거야······."

"왜요?"

"그자들이 원하는 정보를 오늘 밤 회전 테이블 위에서 보고할 수 있게 말이야."

나는 내가 한 이 재담이 그리 마음에 들지 않는다. 그러나 계속해서 푸념한다.

"사령부, 사령부, 어디 그 희생적인 임무를 그 사령부더러 좀 해보라지!"

왜냐하면 사명이 절망적인 것으로 생각될 때에, 그래서 산 채로 불고기 신세가 되려고 이렇게 정성들여 몸치장하는 것이고 보면 옷차림이라는 예절이 길어지는 것이다. 옷을 세 벌이나 껴입는 것이라든지, 고물 장수 모양으로 이것저것 부속품을 몸에 꼴

사납게 주위 붙이는 것이라든지, 산소의 배선, 보온의 배선, 탑승원 칸을 연락하는 전화 배선을 늘어놓는 것 따위의 모든 것이 힘든 일이다. 나는 호흡을 이 마스크 속에서 한다. 고무관 한 줄이 탯줄만큼이나 필요 불가결하게 나를 비행기에 연결시켜 준다. 비행기는 내 피의 온도와 연결된다. 비행기는 내 인간적인 통신망과 연결이 된다. 말하자면 나와 내 심장 사이에 중개 구실을 하는 기관을 내게 덧붙여 준 셈이다. 갈수록 내 몸은 더 무겁고, 더 둔하고, 더 다루기 힘들게 된다. 나는 몸 전체를 온통 틀어야 하며, 가죽끈을 매기 위해서나 잘 채워지지 않는 지퍼를 잡아당기느라고 몸을 구부려야 한다. 그러면 내 모든 관절이 삐걱거린다. 오래된 내 골절이 아파 들어온다.

"다른 비행모를 주게. 내 것은 이제는 쓰기 싫다고 골백번 말하지 않았어? 너무 꼭 낀단 말이야."

왜냐하면 무슨 조화인지 고공으로 올라가면 골통이 부풀어오르기 때문이다. 그래서 지상에서는 맞는 비행모가 1만 미터 상공에서는 쐐기처럼 뼈를 죈다.

"대위님 비행모는 다른 겁니다. 바꿔 놓았어요."

"아! 그랬던가?"

왜냐하면 나는 무조건 잔소리하는 것이다. 그러나 조금도 마음에 꺼림칙하지 않다. 나로서는 당연한 일이다. 하기는 이런 것은 모두가 조금도 중요하지 않다. 이 순간에는 사람이 내가 말한 일이 있는 마음속의 사막을 건너가는 것이다. 여기에는 파편뿐이다. 나는 오늘 오후의 예정을 변경시킬 기적을 바라는 것조차 부끄럽지 않다. 가령 통화기의 고장이라든지, 통화기란 놈은 늘 고장이 잘 나는 것이다. 싸구려 물건이니까! 통화기가 고장나면 우리의 출동이 희생되지 않게 구해 줄 텐데…….

브쟁 대위가 어두운 표정으로 내게 가까이 온다. 브쟁 대위는 언제나 출동하기 전 누구한테나 어두운 얼굴을 하고 가까이 온다. 브쟁 대위는 우리 비행대에서 적기의 감시망 조직과 관계를 맡아보고 있다. 그는 적기의 동정을 우리에게 알려주는 구실을 맡아본다. 브쟁은 내가 매우 사랑하는 친구이다. 그러나 불길한 예언자이기도 하다. 나는 그가 나타나는 것이 달갑지 않다.
"여보게, 이거 곤란하게 되었네. 곤란하게 되었어, 곤란하게!"
브쟁이 내게 말했다. 그리고 주머니에서 종이를 꺼낸 뒤 나를 보며 수상하게 묻는다.
"어디로 해서 빠져나가나?"
"알베르로 해서."
"그렇지, 맞았어. 참 곤란하게 되었단 말이야."
"바보처럼 굴지 마, 무슨 일이야?"
"자네는 빠져나갈 수가 없네."
"왜 빠져나가지 못한다는 거야?"
"알베르 상공에는 독일군 전투기 세 편대가 지켜 끊임없이 교대하고 있으니까 말이지. 한 편대는, 고도 6천 미터, 한 편대는 7천 500미터, 또 한 편대는 1만 미터, 이렇게 아무 편대고 교대가 오기 전에는 하늘을 떠나지 않네. 그들은 선험적으로 통행 금지를 시키는 거야. 자네는 그물 속으로 뛰어들게 되는 거란 말이야. 그리고 자, 이걸 좀 보게……."

그러면서 그는 알아볼 수 없는 증명을 적어 놓은 종이를 내게 보인다.

브쟁은 나를 상관하지 말고 내버려 주었으면 좋을 텐데. '선험적 통행 금지' 라는 말에 나는 겁이 났다. 나는 빨간 불과 도로 규칙 위반을 생각해 본다. 그러나 이 경우에 있어서 규칙 위반은 곧 죽음을 뜻한다. 나는 무엇보다도 선험적이라는 말이 몹시 싫다. 나는 내가 특별히 겨냥을 받고 있는 것 같은 생각이 든다.

나는 벌써 지식의 힘을 활동시켜 본다. 적이 진지를 방위할 때는 언제든지 선험적으로 하는 것이다. 이 따위 말들은 잠꼬대 같은 것이다. 그리고 나는 적기의 추격쯤은 아무렇게도 생각하지 않는다. 내가 700미터의 저공으로 내려오면 고사포가 나를 쏘아 떨어뜨릴 것이다. 고사포가 나를 놓칠 리가 없다. 그래서 나는 별안간 대든다.

"말하자면 자네는 독일군 비행기가 있기 때문에 내 출격이 대단히 무모한 것이라는 것을 시급히 나한테 알리러 온 셈이로구먼. 빨리 달려가서 사령관에게 일러 주게나!"

브쟁이 그 적기들을 '알베르 방면에서 서성대는 전투기' 라는 식으로 불러서, 친절하게 나를 안심시켜 주었더라면 그다지 어렵지 않았을 텐데.

뜻은 같은 것이었으니까.

4

 준비가 끝났다. 우리는 기상에 있다. 남은 일이라고는 통화기를 시험해 보는 것뿐이다.
 "뒤테르트르, 잘 들리나?"
 "잘 들립니다, 대위님."
 "그리고 기총수, 내 말이 잘 들리나?"
 "저…… 예…… 썩 잘 들립니다."
 "뒤테르트르, 기총수의 말이 들리나?"
 "잘 들립니다, 대위님."
 "기총수, 뒤테르트르 중위의 말이 들리나?"
 "저…… 예…… 썩 잘 들립니다."
 "자네는 왜 자꾸 '저…… 예…… 썩 잘 들립니다' 그러나?"
 "저는 연필을 찾고 있습니다, 대위님."

통화기들은 고장이 아니다.

"기총수, 병 속의 압력은 이상 없나?"

"저…… 예…… 정상입니다."

"세 병 다?"

"세 병 다요."

"되었나, 뒤테르트르?"

"되었습니다."

"되었나, 기총수?"

"되었습니다."

"그럼, 떠나네."

그리고 나는 이륙한다.

5

 고뇌라는 것은 진정한 동일성을 잃는 데에서 오는 것이다. 내가 내 자신의 행복이나 불행을 결정하는 통지를 기다리는 경우 나는 허무 속에 내던져진 것이나 다름없다. 어느 쪽이라는 확실성이 없어 엉거주춤하는 동안은, 내 감정과 태도는 단지 임시적인 가장에 지나지 않는다. 시간은 그것이 1초, 1초 나무를 키워가는 것처럼 1시간 후에는 내 안에서 살 그 진정한 인물을 만드는 일을 정지시킨다. 이 알지 못하는 '나'는 유령처럼 밖에서 나를 향해 걸어온다. 그러면 나는 고민의 느낌을 맛보게 된다. 좋지 못한 소식은 고뇌를 일으키는 것이 아니라 고통을 불러일으킨다. 이것은 아주 다르다.
 그런데 이제 시간이 공중 돌기를 그쳤다. 나는 드디어 내 직무 안에 자리잡았다. 나는 이미 아무 모습도 없는 미래에 뛰어드는 것이 아니다. 나는 이미 불길이 소용돌이치는 속에서 재주넘기를

할지도 모르는 사람이 아니다. 미래는 괴상망측한 유령 모양으로 내 머리를 번거롭게 하지는 않는다. 이제부터 내 행동이 차례차례로 미래를 만들어 간다. 나는 나침반을 다루어 313도를 유지하게 만드는 사람이다. 프로펠러의 속도와 기름의 열도를 조절하는 사람이다. 이것들은 직접적이고 건전한 걱정이다. 이것은 사람의 기분을 젊게 하는 집안 살림 걱정이요, 가벼운 일과다. 이 일과의 덕택으로 집안이 환하고, 마루가 반짝반짝하고 산소는 제대로 공급되는 것이다. 과연 나는 산소의 공급을 조절한다. 우리가 빨리 상승하는 까닭이다. 벌써 6천 700미터이다.

"뒤테르트르, 산소는 괜찮은가? 거북하지 않은가?"

"좋습니다, 대위님."

"여, 기총수, 산소는 괜찮아?"

"저…… 예, 좋습니다, 대위님."

"연필을 아직 찾지 못했나?"

나는 또 내 기관총을 조정하기 위해서 S버튼과 A버튼을 눌러 보는 사람도 된다. 참 그러고 보니…….

"여, 기총수, 후방에 자네 사정 거리 안에 너무 큰 도시는 없나?"

"글쎄요…… 없습니다, 대위님."

"되었네. 자네가 기관총을 시험삼아 쏴 보게."

총소리가 따르륵 하고 들려온다.

"잘 쏘아지나?"

"잘 쏘아집니다."

"기관총 전부가?"

"글쎄요. 예…… 전부가요."

이번에는 내가 시험삼아 쏜다. 우리편 넓은 벌판에 거리낌없이 쏟아 붓는 이 탄환들이 어디로 가는지 알 수 없다. 이 탄환들은 절대로 아무도 죽이지 않는다. 땅은 넓다.

이렇게 해서 매분(每分)들은 그 내용으로 나를 먹여 살린다. 나는 익어 가는 과일만큼이나 고뇌가 없는 무슨 물건이 되었다. 물론 내 주위의 비행 조건은 변할 것이다. 조건도 문제도 변할 것이다. 그러나 나는 이 미래의 제작중에 끼여들어 있다. 시간이 조금씩 나를 반죽한다. 어린이는 참을성 있게, 노인이 되어 간다고 해서 조금도 무서워하지 않는다. 그는 어린이고 어린이다운 놀이를 하고 있다. 나도 장난을 한다. 나는 내 왕국의 지시판을, 핸들을, 제동간을 세어 본다. 나는 검사하고, 잡아당기고, 틀고, 누르고 해야 하는 103가지 물건을 세어 본다. 내가 어물쩍한 것은 겨우 내 기관총의 조종 장치를 둘로 센 때문이다. 거기에는 안전 장치가 하나 달려 있다. 나는 오늘 밤 내가 세 들어 있는 집 주인 농부를 놀래 주리라. 나는 그에게 이렇게 말하리라.

"오늘날의 조종사가 기구를 몇 가지나 다루어야 하는지 아십니까?"

"제가 그걸 어떻게 알아요?"

"괜찮아요. 아무 수라도 하나 대 보세요."

"무슨 숫자를 대라시는 겁니까?"

이 농사꾼은 도무지 눈치가 없다.

"아무 숫자나 말해 봐요."

"7."

"103이에요!"

그리고 나는 좋아할 것이다.

내 즐거운 기분은 이 거치적거리는 기구가 모두 제자리에 있고, 각기 제 구실을 맡고 있다는 데에서 오는 것이기도 하다. 이 오장육부처럼 얼기설기한 관과 선을 순환 계통이 되었다. 나는 전 기체에 뻗어 있는 조직체이다. 내 옷과 내 산소를 점점 따뜻하게 해주는 이런 버튼을 누르면 기체는 내게 쾌적감을 준다. 하기는 산소가 너무 뜨거워져서 내 코가 델 지경이다. 이 산소만 하더라도 고도에 따라 복잡한 장치로 해서 공급이 된다. 이래서 비행기가 나를 먹여 살리는 것이다. 떠오르기 전에는 이것이 인간적이지 않은 것으로 생각되었는데, 지금은 비행기 자체의 젖을 빨고 보니 나는 이 비행기에 대해 자식이 부모에게 느끼는 것 같은 애정을 느낀다. 젖먹이의 애정 같은 것 말이다.

내 체중으로 말하면 여러 개의 지점에 흩어져 있다. 세 벌 껴입은 내 옷의 두께와 등에 지고 있는 낙하산은 좌석에 얹혀 있다. 엄청나게 큰 내 구두는 방향타간 위에 놓여 있다. 두껍고 뻣뻣한 장갑을 껴서, 지상에서라면 둔할 손은 자유자재로 조종 핸들을 움직인다. 조종 핸들을 움직인다…… 조종 핸들을 움직인다…….

"뒤테르트르!"

"……위님?"

"우선 접촉을 조사하게. 나는 자네 말이 토막토막 밖에 들리지 않네. 자네는 내 말이 들리나?"

"……들……니다……대위……."

"자네 것을 좀 흔들어 봐! 들리나?"

뒤테르트르의 목소리가 다시 분명해진다.
"썩 잘 들립니다. 대위님!"
"되었네. 그런데 오늘도 엔진 관제 장치는 얼지, 조종 핸들은 딱딱하지, 방향타간은 도무지 꼼짝하지 않는단 말이야!"
"잘 되었군요. 고도는 얼마입니까?"
"9천 700."
"한도는요?"
"49도. 그래, 자네 산소는 괜찮은가?"
"좋습니다, 대위님."
"기총수, 산소는 괜찮은가?"
대답이 없다.
"기총수, 여!"
대답이 없다.
"뒤테르트르, 기총수 말이 들리나?"
"도무지 들리지 않습니다, 대위님······."
"불러 보게!"
"기총수, 여, 기총수!"
대답이 없다.
그러나 나는 급강하하기 전에 기총수가 자고 있으면 그를 깨울 양으로 기체를 급격히 요동시켰다.
"대위님?"
"자네인가, 기총수?"
"저······ 그렇습니다."
"확실하지 않단 말인가?"

"확실합니다!"

"왜 대답하지 않았어?"

"라디오를 시험하고 있었습니다. 통화기의 접촉을 떼어 놓았습니다!"

"망할 자식 같으니라고! 미리 말을 해야지! 난 급강하할 뻔했어. 자네가 죽은 줄 알았단 말이야!"

"저…… 죽지 않았습니다."

"자네 말을 믿겠다만, 다시는 그 따위 짓을 하지 말게! 빌어먹을! 접촉을 떼려거든 내게 미리 알리고 하게!"

"잘못했습니다, 대위님. 알았습니다, 대위님. 알려 드리겠습니다."

산소의 고장은 인체에는 감각이 느껴지지 않기 때문이다. 그것은 어렴풋한 행복감으로 나타났다가 몇 초 후에는 기절로 변해 몇 분 후에는 죽음으로 끝나는 것이다. 그러니까 이 산소의 공급 상태를 끊임없이 조절하는 것은 조종사에 의한 탑승자의 건강 상태의 조종이나 마찬가지로 반드시 필요한 것이다.

그래서 나는 생명을 갖다 주는 내 마스크의 공급관을 더운 코에 느끼게 하기 위해 잘금잘금 씹어 본다.

요컨대 나는 내 직무를 다하는 것이다. 나는 그 자체로 만족한 뜻을 가진, 행동이 주는 육체적 쾌감 외에 다른 아무것도 느끼지 못한다. 나는 커다란 위험의 감각도—옷을 갈아입는 동안에는 지금과 달리 불안했다—크나큰 의무감도 느끼지 않는다. 서유럽과 나치즘과의 투쟁도 이러한 내 행동의 범위에 있어서는 핸들과 제동간과 고동에 대한 내 동작으로 나타난다. 이것 역시 좋다. 성당지기의 천추를 향한 사랑은 촛불을 켜는 것에 만족함으로써 나타난다. 성당지기는 침착한 걸음으로, 자기 눈에 보이지도 않는 성당 안을 걸어다니며 촛대에 차례대로 불을 켜 놓는 것으로 만족을 느낀다. 촛대에 전부 불을 켜 놓으면 그는 양손을 싹싹 비빈다. 그는 자긍심을 느끼는 것이다.

나는 프로펠러의 속도를 훌륭하게 조절했고, 진로 방향도 별로 틀리지 않게 유지한다. 뒤테르트르가 나침반을 조금이라도 들여다본다면 그는 이것에 감탄할 것이다.

"뒤테르트르…… 나는…… 나침반의 진로 방향은…… 괜찮은가?"

"아닙니다. 대위님. 편차가 심합니다. 오른쪽으로 사행하세요."

"대위님, 전선을 넘어섭니다. 사진 촬영을 시작합니다. 고도계의 고도는 얼마입니까?"

"1만!"

6

"대위님…… 나침반!"

맞았다. 나는 왼편으로 사행했다. 그것은 우연히 된 것이 아니다…… 알베르 시가 나를 떼민 것이다. 나는 그것이 아무 멀리 앞쪽에 있으리라고 짐작하고 있었지만, 그놈은 '선험적 통행 금지'라는 온 무게로 벌써 내 몸을 찍어 누르는 것이다. 육중한 몸 속에, 그러니까 얼마나 기막힌 기억력이 숨어 있느냔 말이다! 내 육체는 기왕에 체험한 추락, 두개골의 파쇄, 시럽처럼 끈적거리는 혼수, 병원의 밤 따위를 기억하고 있다. 내 육체는 충격을 무서워한다. 그놈은 알베르를 피하려는 것이다. 내가 그놈을 감시하지 않으면 내 육체는 왼편을 거꾸로 간다. 한 번 혼이 난 장애물은 평생을 두고 피하려드는 늙은 말처럼 내 육체는 왼쪽으로 기운다. 그런데 이것은 내 육체가 그런 것이고…… 정신은 그렇지 않다……. 내가 정신을 차리지 않고 있을 때에만 내 육체는 교활하게 그 틈을 타서 알베르를 어물쩍해 넘기는 것이다.
 왜냐하면 몹시 힘들다는 느낌이 전혀 없었기 때문이다. 나는 이제 이 임무를 이행하지 않았으면 하는 생각조차 없다. 나는 아까 소원을 품고 있었던 것 같은 생각이 들었다. 나는 혼자 이렇게 중얼거렸다.
 "통화기가 고장날 거다. 아, 졸린다. 가서 잠이나 자야겠다."
 나는 그 나태의 침대에 대해 희한한 꿈을 꾸고 있었다. 그러나 나는 또 마음속 깊이 실패로 돌아간 임무에서 일종의 텁텁한 불쾌감밖에 바랄 것이 없다는 것도 알고 있었다. 그것은 갈아야 할 털을 한 번도 갈지 않은 것과 마찬가지이다.
 여기서 나는 중학생 시절이 머리에 떠오른다……. 내가 소년이었을 적이…….
 "대위님!"
 "뭐?"
 "아니오, 아무것도 아닙니다……. 보이는 것 같았는데요."
 나는 그가 보이는 것 같았다고 하는 것이 마음에 걸린다.
 그렇다……. 중학교에 다니던 소년 시절에는 너무 일찍 일어났다. 아침 6시에 일어난다. 춥다. 소년은 눈을 비비고 미리부터 마음에도 없는 문법 시간을 생각하고 괴로워한다. 그래서 소년은 '병이 나서 병실에서 잠이 깨면 흰 수건을 쓴 수녀들이 달콤한 탕약을 침대까지 갖다 줄 텐데' 하고 터무니없는 꿈을 꾸기도 하는 것이다. 소년은 그 낙원에 대해 별별 환상을 다 그려 본다. 그래서 내가 감기에라도 걸리면 필요 이상으로 기침을 했던 것도 그 때문이다. 그리고 내가 잠이 깬 병실에서는 다른 생도들을 부르는 종이 울리는 소리가 들려오는 것이다. 내가 조금 지나치게 엉터리였다면 그 종소리는 나를 충분히 벌하는 것이 되었으니, 그것은 나를 유령으로 만들어 놓는 것이었기 때문이다. 밖에서는 그 종이 진정한 시간, 엄한 수업 시간, 요란한 휴가 시간, 따뜻한 식사 시간을 알리는 것이다. 저 밖에서는 그 종소리가 산 사람들에게 노고와 고대와 환희와 후회가 꽉 들어찬 충실한 생활을 만들어 주었다. 그런데 나는 납치가 되고 잊혀져 싱거운 탕약이며 후줄근한 침대며, 특징 없는 시간 때문에 속이 메슥메슥해 오는 것이다.

   실패한 임무에서는 바랄 것이 아무것도 없다.

7

　물론 오늘과 같이 명령받은 임무가 만족을 주지 못하는 경우가 가끔 있다. 우리가 전쟁을 흉내내는 놀이를 하고 있다는 것은 명백한 사실이다. 우리는 경찰과 도둑놈 놀이를 하고 있는 것이다. 우리는 우리의 역사책의 교훈과 교정의 법칙을 정확하게 지킨다. 가령 오늘 밤 나는 자동차로 비행장 안을 달렸다. 그러자 경비하는 보초가 명령에 따라 내 자동차를 향해 총검을 내밀며 가로막아 섰다. 내 자동차는 얼마든지 적의 전차일 수도 있다. 우리는 전차 앞에 총검을 내대는 놀이를 하고 있는 것이다.
　좀 잔혹한 이 수수께끼 놀이에 우리는 말단 역할을 맡아보는 것이 분명한데, 그 역을 죽을 때까지 맡으라고 요구하니 어떻게 우리가 그 놀이에 열중할 수 있겠는가? 수수께끼 놀이에 당하기에는 죽음은 너무나 엄숙하다.
　신이 나서 옷차림을 할 사람이 누구겠는가? 아무도 없다. 성인과도 같은 오슈테까지도. 인간의 완성이라고 볼 수도 있는 변함 없는 천부(天賦)의 해탈 상태에 있는 오슈테까지도 침묵의 속으로 도피한다. 그러니 몸차림을 하는 동료들이 무뚝뚝한 표정으로 말이 없는 것은 용사의 체모를 차리느라고 그러는 것은 아니다. 그 무뚝뚝한 표정 뒤에는 아무런 흥미도 들어 있지 않다. 그것은 그저 무뚝뚝한 표정일 따름이다. 그리고 나는 그것이 무엇인지 안다. 그것은 집을 떠나는 주인이 그에게 일러 준 명령의 뜻을 조금도 이해하지 못하는 지배인의 무뚝뚝한 표정 말이다. 동료들은 누구나 자기들의 조용한 침실을 꿈꾼다. 그러나 정말 자러 가겠다고 나설 사람은 우리 중에 한 사람도 없다.

왜냐하면 흥분하는 것이 중요한 일은 아니기 때문이다. 패전하는 경우에는 흥분할 희망이란 조금도 없다. 중요한 일은 몸차림을 하고 비행기에 올라타고 이륙하는 것이다. 자기가 그것을 어떻게 생각하건 그것은 아무 중요성도 없다. 그러니까 문법 시간을 생각하고 흥분하는 소년이 있다면, 그 소년이 내게는 건방지고 수상한 아이로 생각될 것이다. 지금 당장은 드러나지 않는 어떤 목적 안에 자기를 이끌고 가는 것이 중요하다. 지성을 위한 것이 아니고 정신을 위한 것이다. 정신은 사랑할 줄을 안다. 그러나 잠을 잔다. 유혹이 어떤 것인지는 나도 교회의 신부만큼이나 잘 안다. 유혹을 당한다는 것은 정신이 잠들어 있는 동안에 지성의 이론을 따르고 싶어하는 것을 말한다.

이 사태에 내 생명을 내건다고 해서 무슨 소용이 있겠는가? 나는 그것을 모르겠다. 나는 이런 말을 골백번 들었다. '이리 배치시키면 이리 가고 저리 배치시키면 저리 가고 하시오. 거기가 당신 있을 자리요. 당신은 편대 중에 있는 것보다 여기 있는 것이 더 쓸모가 있소. 조종사라면 몇 천 명씩이라도 만들 수 있는 거요'라고. 이 지시는 단호했다. 모든 지시가 단호했다. 내 지성은 그것을 용납했다. 그러나 내 본능은 지성보다 힘이 강하다.

이 논리에 대항해 내세울 것이 아무것도 없는데도 어째서 그것이 내게는 착각으로 보이는 걸까? 나는 이렇게 생각했다. '지식인들은 전과(煎果) 단지처럼, 선전의 선반 위에 남아 있다가는 전후(戰後)에 먹히고 마는 것이다'라고. 이것 또한 대답 같은 대답은 아니다.

오늘 역시 동료들처럼 나는 모든 이론, 모든 자명(自明), 모든 본능의 반항을 물리치고 이륙했다. 내 이성을 거슬러 행동한 것이 옳았다는 것을 알게 될 때가 올 것이다. 내가 살아 있다면 내가 사는 동네를 밤에 거닐어 보리라 작정했다. 그러면 마침내 나 자신도 습관이 될지 모른다. 그렇게 된 다음에 생각해 보리라.

어쩌면 나는 보는 것에 대해 아무것도 말할 것이 없을지도 모른다. 어떤 여인이 아름다워 보이면 나는 그 여인에 대해 아무것도 할말이 없다. 나는 다만 그 여인이 빙그레 웃는 것을 볼 뿐이다. 지식인들은 그 얼굴을 분해해서 그 일부분을 가지고 그것을 설명하려 든다. 그렇기 때문에 미소는 이미 보지 못하고 마는 것이다.

안다는 것은 분해하는 것도 아니고 설명하는 것도 아니다. 그것은 시각에 동의하는 것이다. 그러나 보기 위해서는 우선 참여하는 것이 마땅하다. 그것은 배우기 몹시 힘들다.

하루 종일 나는 내 동네를 보지 못하고 지나쳤다. 이 임무를 맡기 전까지는, 그 동네가 얼마간 더러워진 흙벽과 농사꾼들뿐이라고 생각했다. 그러던 것이 지금은 1만 미터 저 밑에 있는 한 줌의 조약돌로 변해 버렸는데, 그것이 바로 내 동네이다.

그러나 어쩌면 오늘 밤, 집 지키는 개가 잠이 깨어 짖을지도 모른다. 나는 언제나 밝은 밤중에 오직 개 한 마리가 짖는 소리를 빌려 잠꼬대하는 동네에 매력을 느꼈다.

남에게 나를 이해시킬 희망은 도무지 없다. 그리고 이것이 아무렇지도 않게 생각된다. 곡식을 쌓아 둔 것과 가축과 관습 위에 문을 닫아 놓고 잠자리를 잘 마련해 놓은 동네가 눈앞에 나타나기만 하면 그만이다.

밭에서 돌아와 저녁 설거지를 끝내고, 아이들을 재워 놓고, 등잔불을 끄고 나서 농사꾼들은 동네의 적막 속에 녹아 들어갈 것이다. 그러면 시골티 나는 뻣뻣하면서도 깨끗한 시트 밑의, 바다 위에 폭풍이 지나간 뒤에 남아 있는 물결의 출렁거림같이 느릿느릿한 숨결의 움직임을 빼 놓고는 아무것도 없을 것이다.

밤의 수지 결산이 행해지는 동안, 신은 재물의 사용을 금지하신다. 그래서 동네 사람들이 어쩔 수 없는 잠의 작용으로 날이 샐 때까지 열 손가락을 힘없이 펴 팔을 벌리고 자는 동안, 깊이 잘 감 유산이 내 눈앞에 더 확실하게 드러날 것이다.

그때는 아마 이름지어 부를 수 없는 것을 내가 볼지도 모른다. 나는 불 있는 쪽으로 손바닥에 인도되어 가는 장님처럼 걷는 격이 된다. 소경은 불을 묘사하지 못할 것이다. 그것을 찾아내기는 한다. 이와 같이 어쩌면 보호해야 마땅한 것이 무엇인지, 숯불 덩어리처럼 시골 밤의 재 밑에 파묻혀 보이지 않지만 영속하는 것이 무엇인지가 드러날지도 모른다.

  나는 실패로 돌아간 임무에서 아무것도 바랄 것이 없었다. 소박한 동네 하나는 이해하자고 해도 우선…… 해야 한다.

"대위님!"

"응?"

"전방 좌측에 전투기 6대가 보입니다. 6대입니다!"

  이 말은 천둥 소리처럼 울렸다.

  ……해야 한다. ……해야 한다. 하지만 나는 받을 것을 제때에 받았으면 좋겠다. 내게 연애를 할 권리가 있으면 좋겠다. 나는 누구를 위해 죽는지나 알았으면 좋겠다.

8

"기총수!"
"대위님?"
"들었나? 전방 좌측에 전투기 6대, 6대가 나타났어!"
"들었습니다, 대위님."
"뒤테르트르, 놈들이 우리를 발견했나?"
"발견했습니다. 우리 쪽으로 선회합니다. 우리 쪽은 놈들보다 500미터 더 높이 날고 있습니다."
"기총수, 들었나? 이쪽이 500미터 더 높이 날고 있어. 뒤테르트르, 아직 먼가?"
"……몇 초의 거리입니다."
"기총수, 들었나? 몇 초 있으면 뒤꽁무니에 달린다네."
저기 내게도 보인다. 조그맣게 독 품은 벌 한 떼.
"기총수! 비스듬히 지나가네. 조금 있으면 자네에게도 보일 거네. 저 봐!"

"저…… 저는 아무것도 보이지 않습니다. 아! 보입니다!"

내게는 이제 보이지 않는다.

"추격해 오나?"

"추격해 옵니다."

"쓰윽 올라오나?"

"모르겠습니다. 그렇지 않은 것 같습니다. 아닙니다!"

"어떡하실 작정입니까, 대위님?"

이것은 뒤테르트르가 한 말이다.

"무슨 결정을 하란 말인가?"

그리고는 모두 입을 다문다.

결정할 것은 아무것도 없다. 그것은 오직 신이 하실 일이다. 내가 만약 방향을 틀면 적기들과 거리를 줄일 것이다. 우리가 해 있는 쪽으로 곧장 날아가고 또 상공에서 500미터를 상승하려면 목표기에서 2, 3천 미터는 뒤떨어지게 되니까, 적기들이 우리 고도에까지 올라와서 속력을 회복하기 전에 우리를 태양 속에서 놓쳐 버릴지도 모른다.

"기총수! 여전히 쫓아오나?"

"여전히요."

"우리가 놈들은 떨어뜨렸나?"

"글쎄요…… 아니요…… 예, 떨어뜨렸습니다."

이것은 신과 해가 알아서 할 일이다.

있을지도 모르는 전투를 생각해서. 하기는, 전투 기대라는 놈은 싸운다기보다는 학살하는 것이지만. 나는 얼어붙은 방향타간을 고쳐 보려고 전신의 힘을 다 써서 그것과 싸운다. 나는 기분이 이상해졌지만, 적의 전투기들은 아직도 내 눈에 아물거린다. 그래서 나는 딱딱한 조종간을 온 몸뚱이로 찍어누른다.

나는 다시 한 번 어처구니없는 대기 상태로 나를 몰아넣은 이 행동을 하면서도, 실상은 옷을 갈아입을 적보다도 훨씬 덜 걱정된다는 것을 깨닫는다. 나는 일종의 분노를 느끼기도 한다. 고마운 분노를 말이다.

그러나 희생에 도취된 듯한 기분은 조금도 없다. 나는 물고 늘어졌으면 하는 생각이 든다.

"기총수, 놈을 떨어뜨렸나?"

"놈들을 떨어뜨렸습니다, 대위님."

잘 되어 가는 모양이다.

"뒤테르트르…… 뒤테르트르……."

"대위님?"

"아니…… 아무것도 아니야."

"무슨 일입니까, 대위님?"

"아무것도 아니야. 나는 그저…… 아무것도 아니야."

나는 그들에게 아무것도 알리지 않으리라. 그들에게 못할 짓이다. 내가 곤두박질을 시작하면 그들도 무슨 일인지 알 것이다. 그들은 내가 곤두박질을 시작한다는 것을 알게 될 것이다.

영하 50도에서 땀이 비오듯 하는 것은 수상하다. 수상해. 오오! 나는 벌써 무슨 일이 일어나는지 알았다. 나는 찬찬히 기절해 가는 중이다. 조금씩 조금씩…….

내게는 계기판이 보인다. 이제는 계기판이 보이지 않는다. 핸들을 쥔 손이 느슨해진다. 말할 기운조차 없어졌다. 나는 포기해 버린다. 포기한다는 것은…….

나는 고무관을 집어 보았다. 나는 생명을 가져다 주는 입김을 코에 느꼈다. 그러면 산소의 고장은 아니다. 이것은…… 그렇다, 틀림없다. 나는 어리석었다. 그것은 방향타간 때문이다. 나는 그 방향타간에 대고 짐 나르는 인부와 같은, 짐마차꾼과 같은 힘을 썼다. 1만 미터의 상공에서 장터의 씨름꾼같이 날뛰었다. 그런데 내 산소는 한계가 있다. 나는 그것을 아껴 써야 할 것이다. 나는 지금 진탕으로 먹어 치운 값을 치르는 것이다.

나는 숨이 몹시 가쁘다. 내 심장은 빨리, 대단히 빨리 뛴다. 마치 가느다란 방울 소리 같다. 나는 동승자에게 아무 말도 하지 않으련다. 곤두박질을 시작하면 그들은 이내 무슨 일이 있었는지 알아차릴 것이다. 계기판이 보인다. 계기판이 이제는 보이지 않는다. 그리고 흥건히 땀에 젖은 채 서글픈 생각이 든다.

생명이 차츰차츰 내게 돌아왔다.

"뒤테르트르!"

"대위님?"

방금 일어난 일을 그에게 알리고 싶었다.

"나는…… 하마터면…… 줄 알았네…….."

그러나 나는 말하기를 단념한다. 많은 산소를 너무 소비한다. 그래서 세 마디의 말을 했는데도 벌써 숨이 차다. 나는 지금 몸이 허약하다. 회복기에 들어선 허약한 병자이다.

"무슨 일이 있었습니까, 대위님?"

"아니…… 아무것도 아니야."
"대위님은 정말 알 수 없는 분이군요!"
나는 알 수 없는 사람이다. 그러나 나는 살아 있다.
"……우리는 …… 모면했구먼."
"하지만 대위님, 이건 일시적입니다!"
일시적이기는 하다. 아라스가 남아 있으니까.

이리해서 나는 몇 분 동안 살아서 돌아오지 못하는 줄 알았다. 그러면서도 머리를 희게 한다는 그 지글지글 태우는 듯한 고뇌를 내 속에서 느끼지 않았다. 그래 나는 사공의 일이 생각난다. 두 달 전에 전투하다가 그가 프랑스 전선에서 격추당한 지 이틀 후에 그를 문병하러 갔을 적에 사공이 한 말이 생각난다. 적의 전투기들이 포위해서, 말하자면 그를 사형 집행하는 기둥에 못박아 놓은 사공은 이제 10초만 있으면 죽는구나 하고 생각했을 적에 그는 과연 무엇을 느꼈을까?

9

 병원 침대에 누워 있는 그의 모습이 똑똑히 내 눈앞에 떠오른다. 사공이 낙하산으로 뛰어내렸을 적에 그의 한쪽 무릎이 비행기 미익 장치에 부딪쳐 깨졌지만 그는 그 타격을 깨닫지 못했다. 그의 얼굴과 양손은 꽤 중한 화상을 입었지만 따지고 보면 그는 생명에 관계할 만한 상처는 하나도 입지 않았다. 그는 무슨 고역을 치른 보고라도 하듯이 특징 없는 목소리로 자기가 당한 일을 우리에게 천천히 이야기한다.
 "내가 조명탄에 둘러싸여 있는 것을 보고 나는 놈들이 사격하는 것을 알았네. 내 계기판이 부서졌네. 그러더니 연기가 조금 보이더군. 뭐 대단한 연기는 아니었어. 그건 기체 앞쪽에서 오는 것 같더군. 나는 생각했지. 거기 연락 파이프가 있는 데가 아닌가…… 뭐, 그리 대단한 불길도 아니었어."
 사공은 입을 삐죽 내민다. 그는 문제를 검토한다. 그는 불길이 많이 일었는지 많이 일지 않았는지를 우리에게 말하는 것이 중요한 일이라고 생각한다. 그는 망설인다.

"그렇기는 해도…… 역시 불은 불이었어. 그래서 나는 동승자들보고 뛰어내리라고 그랬지."

왜냐하면 불은 10초 동안에 비행기를 횃불 자루로 만들어 버리기 때문이다.

"나는 그때 내 기창(機窓)을 열었지. 그게 잘못이었어. 그리고 바람이 불어 들어왔단 말이야. 불은…… 아주 혼났네."

기관차 화통에서 배에다 대고 불길의 격류를 쏟아 붓는데, 그것도 7천 미터 상공에서의 일이라 그저 혼만 났다는 것이다. 나는 사공의 용기나 염치를 과장해서 그가 원하지 않는 것을 할 생각은 없다. 그는 이것을 용기라고도 인정하지 않을 것이다. 그는 그저 '그렇다니까, 아주 혼났다니까' 하고만 말할 것이다. 그는 또 정확하게 이야기하려고 눈에 띄게 노력할 것이다.

나는 지각의 영역이 몹시 좁다는 것을 잘 안다. 지각은 한꺼번에 한 문제밖에는 받아들이지 않는다. 그대가 주먹다짐하는 경우에 전략에 정신이 팔려 있으면 주먹으로 맞아도 아픔을 깨닫지 못한다. 내가 수상기 사고로 인해 물에 빠져 죽을 뻔했을 적에 얼음같이 찬물이 내게는 따뜻하게 느껴졌다. 아니, 더 정확하게 말하자면 내 지각은 물의 온도를 생각하지 않았다. 그것은 다른 생각에 몰두하고 있었고 물의 온도가 내 기억 속에 아무 흔적도 남기지 않았기 때문이다. 이와 같이 사공의 지각은 뛰어내리는 기술 문제에 몰두해 있었다. 사공의 우주는 미닫이로 된 기창을 여닫는 핸들과 그 위치가 마음 쓰이는 낙하산의 어떤 손잡이와 동승자들의 뛰어내리는 기술 문제에 한정되어 있었다. '뛰어내렸어?' 하고 물으면 대답이 없다. '기상에 아무도 없나?' 해도 대답이 없다.

"나는 나 혼자인가 보다고 생각했네. 나는 뛰어내려도 좋으리라고 생각했어(그의 얼굴과 양손은 화상을 입었다). 나는 일어나서 기각(機殼)을 넘어 우선 날개 위에 붙어 있었네. 그리고 나서는 앞으로 몸을 기울였지. 관측 장교가 보이지 않더군."

관측 장교는 적 전투기의 사격으로 즉사해서 기체 저 안쪽에 넘어져 있었다.

"그래 나는 뒤쪽으로 뒷걸음질해 가 보았지. 기총수가 보이지 않더군."

기총수도 역시 쓰러져 있었다.

"나는 혼자라고 생각했네."

그는 곰곰이 생각했다.

"그런 줄 알았더라면 비행기 안으로 다시 올라갈 수도 있었을 거야. 그다지 대단한 불이 붙고 있는 것도 아니었거든. 나는 이렇게 오랫동안 날개 위에 머물러 있었네. 나는 동체에서 나오기 전에 비행기를 상승 각도로 조종해 놓았거든. 비행은 정상적이겠다, 바람은 견딜 만하겠다, 나는 몸이 아주 편했네. 암! 날개 위에 오랫동안 머물러 있었고 말고. 나는 어떻게 해야 할지 몰랐어."

사공은 어떻게 해야 할지 모를 문제가 생겨 그런 것은 아니었다. 그는 기상에 홀로 있구나 하고 생각했고 비행기는 불에 타고 적 전투기들이 지나가며 오며 탄환을 퍼부어 댔다. 사공이 우리에게 말하고자 하는 것은 그가 아무런 욕망도 느끼지 않았다는 것이다. 그는 아무것도 느끼지 않았다. 그는 시간이 얼마든지 있었다. 그는 일종의 무한한 여가 속에 잠겨 있는 것이다. 그래서 나는 죽음에 임박했을 적에 간혹 맛보는 그 미묘한 느낌을 하나 하나 꼬집어 알아낼 수가 있었다. 생각하지도 않았던 여가, 그것을 초조감을 느끼는 것처럼 묘사한 것은 사실에 의해 얼마나 명백히 부정되느냐 말이다! 사공은 시간 밖으로 내팽개쳐진 듯이 저기 제 비행기 날개 위에 머물러 있었다. 그는 이렇게 말했다.

"그런 다음 나는 뛰어내렸지. 나는 서투르게 뛰어내렸어. 내가 팽글팽글 돌아가는 것이 보이더군. 나는 낙하산을 너무 일찍 폈다가 그놈에게 얽혀 들지나 않을까 하고 겁이 났네. 나는 몸이 안정되기를 기다렸지. 아, 오랫동안 기다렸어……."

이와 같이 사공은 그가 겪은 모험의 시초에서 끝까지 기다렸다는 기억을 간직하고 있었다. 불이 더 세차게 붙기를 기다렸고, 그 다음에는 날개 위에서 무엇인지도 모르는 것을 기다렸다.

이것이 사공의 경우였다. 그것도 보통 때보다 더 초보적이고 더 평범하고 또 약간 어리둥절한 채 심연 위에서 갑갑해서 발을 동동 구르는 경우였다.

10

 정상적인 기압의 3분의 1로 줄어든 속에서 우리가 잠겨 있는 것이 벌써 두 시간이나 된다. 탑승원들은 서서히 기운이 다해 간다. 우리는 별로 말을 주고받지 않는다. 나는 한두 번 다시 조심조심해 가면서 방향타간에 힘을 주어 보았다. 나는 고집을 부리지 않았다. 나는 그 때마다 같은 감각, 즉 나른한 쾌감이 몸에 배어드는 것을 깨달았다.
 뒤테르트르는 사진 찍는 데 필요한 한 할 수 있는 데까지 그럭저럭 해본다. 나는 비행기를 기울어뜨리고 내 쪽으로 잡아당긴다. 이리하여 뒤테르트르를 위해 20절(節) 선회하기에 성공한다.
 "고도는 얼마입니까?"
 "1만 200……."
 나는 또 사공을 생각한다. 사람은 언제나 사람이다. 우리는 사람이다. 그리고 내 안에서 나는 나 자신 이외에 일찍이 아무것도 만나지 못했다. 죽은 사람은 자기가 있었던 그대로 죽는다. 평범한 한 광부의 죽음 속에는 하나의 평범한 죽은 광부가 있을 뿐이다. 우리를 현혹시키려고 문학자들이 꾸며대는 그 횡포한 광증을 어디서 얻을 수 있단 말인가?

나는 스페인에서, 며칠 동안의 발굴 작업이 있은 후에 공중 어뢰로 무너진 집 땅광 속에서 구출되어 나오는 사람을 보았다. 벽토 가루를 그대로 뒤집어쓰고, 질식과 절식(節食)으로 정신이 나간 듯 숨이 끊어진 무슨 괴물 같은 사람을……. 저 세상에서 돌아오는 것 같은 그 사람을 보고 아무 말 없이 에워싼 궁중들은 갑자기 수줍어지는 것 같았다. 몇몇 사람이 용기를 내서 그 사람에게 말을 물어 보았고, 그 사람이 그곳에 대해 몽롱한 주의를 기울였을 적에 사람들의 수줍음은 거북으로 변했다.

사람들은 그에게 서투른 열쇠질을 해보는 격이었다. 왜냐하면 정말 해야 할 질문은 아무도 하지 못하고 있었던 것이다. 사람들은 그에게 물었다. '기분이 어떻습니까? 무슨 생각을 하셨습니까? 무엇을 하셨습니까!' 하고. 사람들은 캄캄함 밤중에 구하려는, 소경에다 귀머거리에다 벙어리인 사람을 찾으려고 무슨 암호를 쓰기라도 하듯 심연 위에 무턱대고 다리를 놓는 것이다.

그러나 사람이 우리에게 대답할 수 있게 되자 그는 이렇게 말했다.

"그렇지요. 오랫동안 우지끈 뚝딱 하는 소리가 들렸습니다."

그렇지 않으면,

"참 걱정이 되더군요. 지루했거든요. 아아, 참 지루했어요."

그렇지 않으면,

"허리가 아팠어요. 몹시 아팠습니다……."

그 사람은 우리에게 그 자신의 이야기밖에는 해주지 않았다. 그는 무엇보다도 잃어버린 회중 시계 이야기를 했다.

"나는 찾아보았습니다. 몹시 아끼던 것이니까요. 하지만 캄캄한 속이라……."

물론 생활은 그에게 흐르는 세월의 느낌이나 손에 익은 물건들에 대한 사랑을 가르쳐 주었다. 그리고 그는 그것이 비록 어둠에 무너져 내려앉은 우주라 할지라도 그것을 깨닫기 위해 자신을 사용했다. 그래서 아무도 그에게 물어 보지 못했지만, 모든 질문을 지배하던 근본적인 질문인 '당신은 누구였습니까? 당신 안에 누가 나타났습니까?' 하는 물음에는 '나 자신……' 이라는 말밖에 아무것도 대답하지 못했을 것이다.

어떤 경우라 하더라도 우리가 도무지 생각하지도 못했던 타인을 우리 안에 불러일으키지 못한다. 산다는 것은 천천히 태어나는 것이다. 다 만들어진 영혼을 빌린다는 것은 약간 지나치게 안이한 노릇일 것이다. 갑작스러운 신의 계시가 운명을 딴 길로 인도하는 것 같은 때가 있다. 그러나 이 신의 계시라는 것은 서서히 닦아 놓은 길을 별안간 정신으로 보는 것에 지나지 않는다. 나는 문법을 천천히 배웠다. 나는 문장 구성법을 훈련받았다. 사람들은 내 정서를 눈뜨게 했다. 그런데 별안간 어떤 시가 내 마음을 벅차게 감동시키는 것이 아닌가.

물론 나는 당장은 아무런 사랑도 느끼지 않는다. 그러나 만일 오늘 저녁 무엇인지 내게 나타나는 것이 있다면 그것은 내가 보이지 않는 건축에 내 몫의 돌들을 힘들여 가져다 놓았다는 표적이 된다. 나는 어떤 명절을 준비하고 있는 것이다. 나는 내 안에 나 이외의 다른 사람의 갑작스러운 출현에 대해 말할 권리가 없다. 나 이외의 타인을 내가 지금 쌓아올리는 중이니까.

나는 전쟁의 모험에서 이 느린 준비 이외에 아무것도 기대할 것이 없다. 그것은 문법처럼 나중에 소용될 것이다.

이 완만한 소모 때문에 우리의 생명은 완전히 무뎌지고 말았다. 우리는 늙어 간다. 임무는 사람을 늙게 한다. 고도는 얼마만한 값어치가 있는가? 1만 미터의 상공에서 지낸 1시간이 심장, 폐, 동맥 따위의 유기적 활동과 생활의 1주일, 3주일 혹은 한 달과 서로 맞먹는 것인가? 하기는 그런 것은 아무래도 좋다. 내가 몇 번 겪은 반 실신 상태는 내게 여러 세기를 덧붙여 주었다. 그래서 나는 노인들과 같은 안온 속에 잠겨 있는 것이다. 옷을 갈아입을 때 느끼는 흥분이 내게는 무한히 먼 것으로, 과거 속에 사라져 버린 것으로 생각된다. 아라스는 무한히 먼 장래 속에 있다. 전쟁의 모험은? 전쟁의 모험은 어디 있단 말인가?

나는 10분 전쯤 하마터면 없어질 뻔했다. 그런데도 그 조그마한 땅벌들이 지나가는 것은 3초 동안 힐끔 바라본 것밖에는 아무 것도 이야기할 것이 없다. 실제의 모험은 10분의 1초 걸렸을 것이다. 그런데 우리 동료들은 돌아오지 않는다. 아무도 돌아와서 그 이야기를 해주지 않는다.

"대위님, 방향타를 조금 왼편으로 돌리십시오."

뒤테르트르는 내 방향타간이 얼어붙었다는 것을 잊어버렸다.

나는 어렸을 적에 황홀한 눈으로 들여다본 판화를 생각한다. 거기에는 북극 광을 배경으로 하고 빙해에서 꼼짝하지 못하고 있는 그들의 이상한 묘지가 그려져 있었다. 그 배들은, 말하자면 영원히 저녁이라고 할 만한 잿빛 광선 안에서 얼어붙은 팔들을 벌리고 있었다. 생명이 꺼진 공기 속에서 그것들은 어깨 자국이 침대에 남아 있듯이, 바람의 흔적이 생생하게 남아 있는 돛들을 여전히 펼쳐 달고 있었다. 그러나 그 돛들은 뻣뻣하고, 바삭바삭하다는 것이 느껴졌다.

여기서는 모든 것이 얼었다. 내 조종 장치들도 얼어붙었다. 내 기관총들도 얼어붙었다. 그리고 기총수에게 그의 기관총에 대해 물었다.

"자네 기관총은?"

"성한 놈은 하나도 없습니다."

"그래!"

내 마스크의 배기관 속에 나는 바늘같이 생긴 얼음을 뱉는다. 성에가 끼어 숨이 막히기 때문에 나는 이따금씩 녹진녹진한 고무를 거쳐 이 성에의 마개를 으깨야 한다. 누르면 손바닥에서 바싹 으깨지는 것이 느껴진다.

"기총수, 산소는 괜찮은가?"

"괜찮습니다."

"병의 압력은 어떤가?"

"에, 70입니다."

"그래?"

우리에게는 시간까지도 없었다. 우리는 흰 수염을 흩날리는 세

노인이다. 아무것도 움직이지 않는다. 아무것도 급하지 않다. 아무것도 가혹하지 않다.

전쟁의 모험이란? 알리아스 대장은 어느 날 이런 말을 내게 일러 주었다.
"조심하도록 하오!"
무엇을 조심하라는 것입니까, 알리아스 대장님? 전투기는 벼락같이 그대를 내리 덮치는 것이다. 그대보다 1천 500미터나 높이 떠 있는 적의 전투기는 그대가 그 밑에 있는 것을 발견하고도 서두르지 않는다. 적은 빙 돌아 방향을 잡고 위치를 정한다. 그대는 아직 서두르지 않는다. 적은 빙 돌아 방향을 잡고 위치를 정한다. 그대는 아직 아무것도 눈치채지 못하고 있다. 그대는 독수리 그림자에 갇힌 생쥐이다. 생쥐는 살아 있다고 생각한다. 그놈은 여전히 밀밭에서 노닥거리고 있다. 그러나 그놈은 여전히 밀밭에서 노닥거리고 있다. 그러나 그놈은 매의 망막에 붙잡힌 몸으로, 끈끈이에 붙은 것보다도 더 단단하게 매의 망막에 달라붙은 셈이다. 왜냐하면 매는 생쥐를 놓치는 일이 절대로 없을 테니까.

그대도 이와 마찬가지로 여전히 조종하고 몽상하고 지상을 관측하고 있지만, 어떤 사람의 망막에 생겨난, 눈에 보이지도 않는 검은 표가 이미 그대에게 사형을 선고한 것은 모르고 있다.

적 전투기 대의 비행기 아홉 대는 아무 때고 마음내키면 곧장 내려 박힐 것이다. 그들은 급할 것이다. 그들은 시속 900킬로미터로 노린 목적물을 절대로 놓치는 일이 없는, 그 놀라운 작살을 던지는 것이다. 폭격기 편대는 어느 정도 방어할 만한 화력을 형성하고 있지만, 넓은 하늘에 고립되어 있는 정찰기는 72자루의 기관총을 절대로 이겨 낼 수 없다. 기관총이라는 것도 그 탄환들이 그려내는 불꽃으로밖에는 모습을 나타내지 않기 때문이다.

 전투가 벌어지고 있다는 것을 그대가 알게 되는 순간 이미 적의 전투기는 코브라처럼 단번에 독을 쏟아 놓고 나서, 벌써 중성화하고 가까이하지 못할 만큼 달아나서 그대를 내려다볼 것이다. 코브라들도 이와 같이 목을 흔들다가는 번개같이 독을 내뿜고는 다시 목을 흔들 것이다.

 그래서 적 전투기 대가 사라졌을 적에도 달라진 것은 아무것도 없다. 탑승원들의 얼굴빛조차 변하지 않는다. 하늘에는 아무것도 없고 평화롭게 된 지금에야 그 얼굴빛이 달라진다. 적 전투기가 이미 한 사람의 공정한 목격자에 지나지 않게 되었을 때, 비로소 끊어진 관측 장교의 경동맥에서 최초의 핏줄기가 뻗쳐 나오고, 오른편 엔진 뚜껑에서는 대장간의 불꽃이 처음으로 멈칫멈칫 새어나오기 시작한다. 이와 같이 코브라가 이미 다시 도사렸을 때에 비로소 독이 심장에까지 이르러 최초의 안면근이 꿈틀거리는 것이다. 전투기는 죽이지 않는다. 그것은 죽음을 뿌린다. 죽음은 전투기가 지나가고 난 뒤에야 싹이 트는 것이다.

 무엇을 조심하란 말입니까, 일리아스 대장님? 우리가 적 전투기와 마주쳤을 적에 나는 어떤 결정도 내릴 필요가 없었다. 그 전투기들을 모르고 지나칠 수도 있었을 것이다. 그놈들이 만약에 나보다 높이 날았더라면 나는 아무것도 모르고 지나쳤을 것이다.

 무엇을 조심하란 말인가? 하늘이 텅 비었는데.

 땅도 텅 비었다.

1만 미터나 떨어진 곳에서 보면 이미 사람은 있지 않다. 이런 척도에서는 이미 사람의 행동이 눈에 띄지 않는다. 망원 렌즈가 달린 우리 사진기가 여기저기 현미경 구실을 한다. 사람이 아니라―사람은 이 기계로도 붙잡을 수 없으니까―그의 존재를 알려 주는 도로, 운하, 열차, 부선(艀船) 따위를 포착하는 데에 현미경이 필요하다. 사람은 현미경 프레파라트 위에 씨를 뿌린다. 나는 냉정한 과학자이다. 사람들의 전쟁이 내게 있어서는 실험실의 연구에 지나지 않는다.

"뒤테르트르, 놈들이 사격하나?"

"사격하는 모양입니다."

뒤테르트르는 아무것도 모른다. 포탄의 파열은 너무 멀어 폴싹거리는 연기도 땅과 혼동된다. 저들도 이렇게까지 정확하지 못한 사격으로 우리를 쏘아 떨어뜨리기를 바랄 수는 없다. 우리는 1만 미터 상공에 있으니 거의 불사신이다. 저들은 우리의 위치를 가리켜 전투기 대를 우리 쪽으로 유도하기 위해 사격하는지도 모른다. 눈에 보이지 않는 먼지처럼 하늘에 떠돌아다니는 전투기 대를 말이다.

지상에 있는 사람들은 비행기가 고공을 날아갈 적에, 신부의 베일 모양 뒤에 길게 달려가는 흰 자개 빛깔의 숄을 보고 우리를 발견하게 된다. 운석의 통과로 생기는 진동은 대기 속에 있는 수증기를 결정(結晶)시킨다. 그래서 우리는 우리 뒤쪽의 얼음 바늘로 된 권운을 풀어놓는 것이다. 외기의 조건이 구름이 이루어지기에 적당할 때는 이 항적(航跡)이 차츰차츰 불어나 들을 덮는 저녁 구름이 된다.

전투기들은 기상 무전과 고사포탄 터지는 연기와 우리가 바라는 듯이 마구 끌고 다니는 흰 솔을 보고서 우리 쪽으로 유도되는 것이다. 그러는 동안에 우리는 별나라와도 같은 텅 빈 속에 잠겨 있는 것이다.

  우리가 시속 530킬로미터로 비행하고 있다는 것을 나는 잘 안다. 그런데도 모든 것이 움직이지 않게 되었다. 속도라는 것은 경마장에서나 나타나는 것이다. 그러나 여기서는 모든 것이 공간 속에 잠겨 있다. 이와 같이 지구는 초속 42킬로미터인데도 태양의 주위를 느릿느릿 돈다. 지구가 이렇게 도는 데에는 1년이 걸린다. 우리도 이 인력 운동에 있어서 서서히 거리가 단축되어 붙잡힐지도 모른다. 공중전의 격렬함은 어떠냐고? 대성당 안에 떠돌아다니는 먼지 알갱이들 같은 것이다. 한 알의 먼지인 우리는 어쩌면 수십 혹은 수백의 먼지를 우리에게로 끌어 '잡아당기는지도 모른다. 그리고 이 모든 재티는 양탄자를 턴 것처럼 천천히 햇빛 속으로 올라간다.

  무엇을 조심하란 말입니까, 알리아스 대장님? 내 눈 바로 아래 내려다보이는 것은 흔들리지 않는 맑은 수정 밑에 널려 있는, 지난 시대의 골동품뿐이다. 나는 박물관의 진열장을 내려다본다. 그러나 벌써 그것들은 역광선 속에 나타난다. 우리 앞쪽 저 멀리 보이는 것은 아마 덩케르크와 바다일 것이다. 그러나 사선상(斜線上)에는 별로 보이는 것이 없다. 해가 지금은 너무 낮게 떠 있어서 나는 번쩍이는 큰 쟁반을 내려다보고 있는 것 같다.

  "뒤테르트르, 저 망할 것 너머로 뭐 보이는 것이 있나?"

  "똑바로 아래는 보입니다, 대위님."

"여 기총수, 적 전투기 소식은 없나?"

"없습니다."

사실 나는 우리가 추격당하고 있는지 어떤지, 또 땅 위에서 우리가 꽁무니에 우리 것과 거미줄 같은 뭉텅이를 한 묶음 달고 다니는 것이 보이는지 도무지 알 수 없다.

거미줄이라는 말에 나는 몽상을 한다. 내 머리에는 처음에는 매혹적이라고 생각되는 한 비유가 떠오른다. 너무도 아름다운 여인같이 가까이할 수 없는 우리는 별처럼 반짝이는 얼음으로 수놓인 꼬리 옷을 천천히 끌며 우리의 운명을 쫓아간다.

"방향타를 약간 왼쪽으로 틀어 주세요!"

이것은 현실이다. 그러나 나는 변변치 못한 내 시로 다시 돌아온다.

이 선회는 하늘을 향해 애태우는 사람들의 마음에 선회를 일으킬 것이다.

방향타를 왼쪽으로…… 방향타를 왼쪽으로…… 할 수가 있어야 말이지!

너무나 아름다운 여인은 제대로 선회하지 못하고 만다.

"노래를 부르시면…… 다 사십니다. 대위님."

그러면 내가 노래를 불렀더란 말인가?

하기는 뒤테르트르의 이 말 한마디로 내 경음악 취미는 모두 달아나 버린다.

"촬영은 거의 끝났습니다. 곧 아라스 쪽으로 내려가도 좋겠습니다."

가도 좋다…… 가도 좋다. 물론이지! 호기(好機)는 물실(物失)

이다.

응! 가스 손잡이까지 얼어붙었구나…… 그래서 나는 생각했다.

이번 주에 들어서 정찰기가 3대에 1대 꼴로 들어왔다. 그러니까 전쟁의 위험이 아주 대단한 것임에는 틀림없다. 그런데도 우리가 만일 귀환하는 사람들 축에 든다면 우리는 아무것도 이야기할 것이 없을 것이다. 일찍이 나는 여러 번 모험을 겪었다. 우편 항공로의 개설, 사하라의 불귀순 지구, 남아메리카 따위……. 그러나 전쟁은 진짜 모험이 아니라 모험의 대용품밖에 되지 않는다. 모험이라는 것은 그것이 만들어 놓은 관계, 그것이 내놓은 문제, 그것이 불러일으키는 창조성의 풍부에 있다. 그저 동전을 던져 앞쪽 뒤쪽을 가리는 노름에 생사를 걸었다고 해서 그것이 모험이 되지는 않는다.

전쟁은 모험이 아니다.

전쟁은 일종의 병이다. 티푸스 같은 병이란 말이다.

내가 전쟁의 모험을 겪은 것은 오르콩트의 내 방에서 체험한 그것을 빼놓고는 없다는 것을 나중에 깨달을지도 모를 일이다.

11

몹시 추웠던 1939년 겨울 동안, 우리 비행대가 주둔했던 생디디에 근처에 있는 오르콩트라는 동네에서, 진흙 벽으로 된 농가에 있을 때의 일이다. 거기서는 밤의 기온이 어지간히 내려가서 시골티 풍기는 내 물그릇의 물이 얼기까지 했다. 그래서 옷을 입기 전에 가장 먼저 하는 일은 우선 불을 피우는 것이었다. 그러나 이렇게 하기 위해 나는 동그랗게 웅크리고 단잠을 자던 따뜻한 침대에서 기어 나와야만 했다.

내게는 수도원의 것 같은 그 텅 비고 얼어붙은 방의 검소한 침대보다 더 훌륭한 것은 없는 것같이 느껴졌다. 나는 거기에서 힘든 일과가 끝난 뒤의 휴식의 행복과 즐거움, 안전감을 맛보았다. 거기에는 나를 위협하는 것이 아무것도 없었다. 내 육체는 낮 동안 고공의 거친 기후와 날카로운 적탄에 내맡겨졌다. 낮 동안 내 육체는 고통의 소굴로 변할 수도, 부당하게 찢겨질 수도 있었다.

내 육체가 낮 동안에는 내 것이 아니었다. 이미 내 육체가 아니었다. 사람들은 거기에서 손발을 잘라 낼 수도, 피를 뽑아 낼 수도 있었다. 왜냐하면 이 육체가 이미 나이 소유가 아닌 부속품 창고가 되는 것이 전쟁이니까 말이다. 집달리가 와서 내 눈을 달라고 한다. 그러면 나는 보는 능력을 내준다. 집달리가 와서 나의 양다리를 달라고 한다. 그러면 나는 내 걷는 능력을 내준다. 집달리가 얼굴의 살을 전부 달라고 한다. 그러면 사람들에게 미소를 짓고 우정을 표시하는 능력을 속량(贖良) 값으로 내준 나는 이제 한 괴물에 지나지 않게 된다.

이와 같이 당장 오늘 안으로 내 적이 되어 나를 해할 수도 있을 이 육체, 신음을 토해 낼 공장으로 변할 수도 있을 이 육체가, 아직도 순종하고 우애 있는 내 친구로 남아 있어, 어렴풋한 잠에 취한 채 시트 밑에 동그마니 오그리고 누워 살의 즐거움과 행복한 숨결밖에는 아무것도 내 의식에 전해 주지 않는 것이다. 그러나 나는 이 육체를 침대에서 끄집어내어 얼음 같은 물에 씻기고, 수염을 깎고, 옷을 입히고 한 알뜰한 모습으로 무쇠 파편 앞에 내놓아야만 했다. 그리고 이렇게 침대에서 나오는 것은, 엄마의 젖가슴에서 떼어놓는 것 같은, 어렸을 적 아기의 육체를 예뻐하고 쓰다듬고 보호하는 모든 것으로부터 떼어놓는 것과 같다.

그래, 완전한 결심을 하기까지 익히 생각하고 한참 동안 지체시키고 한 뒤에, 나는 이를 악물고 단숨에 벽난로까지 뛰어가서는 나무 한 무더기를 쓸어 놓고 그 위에 휘발유를 뿌렸다. 그런 다음 벽난로에 불이 붙기 시작하면 다시 한 번 방을 건너질러 따뜻한 체온이 남아 있는 침대로 도로 기어 들어갔다. 거기서 담요와 새 깃털 이불을 왼쪽 눈 아래까지 뒤집어쓰고는 벽난로를 살펴보았다. 그것은 처음에는 좀처럼 불이 잘 붙지 않다가 조금 뒤에는 짤막짤막한 불꽃이 되어 천장을 비춘다. 그러다가 그놈은 축제를 벌이듯 벽난로 안에 자리를 잡기 시작하는 것이다. 불은 탁탁 튀고, 윙윙 소리를 내고, 노래를 부르기 시작하는 것이다. 그것은 시골의 결혼 잔치에 손님들이 술을 마시고 흥분해서 팔꿈치로 쿡쿡 지르기 시작하는 때처럼 즐거운 것이다.

혹은 그 온순한 불이 마치 활발하고 충실하고 민첩하고 제 맡은 일 잘하는 목견(牧犬)처럼 나를 지켜 주는 것 같은 느낌이 들기도 했다. 그 불을 바라보고 있노라면 은은한 환희가 느껴졌다. 그리고 잔치가 한창 어우러져 천장에서 그림자가 춤을 추고, 황금빛 나는 따뜻한 노래가 들리고, 벽난로 구석에서 벌써 이글거리는 장작불이 쌓이면, 방에 그 홀릴 듯한 연기와 송진 냄새가 가득해지면 나는 침대에서 불 있는 데로, 더 풍요로운 사람에게로 가는 것이다. 나는 거기서 배를 쬔 것인지, 그렇지 않으면 마음을 따뜻하게 녹인 것인지 잘 알 수 없었다. 두 가지 유혹 중에서 비겁하게도 나는 더 센 놈에게, 더 번쩍이는 놈에게, 역대와 불꽃을 가지고 광고를 더 잘하는 놈에게 가는 것이다.

이렇게 해서 나는 세 번, 첫 번은 불을 피우러 가느라고, 다음 번은 다시 누우러 가느라고, 마지막은 불꽃의 추수를 거두러 가느라고, 이렇게 세 번 이를 딱딱 마주치며 내 방의 빈 얼음 벌판을 건너질렀는데, 그것은 내게 극지 탐험의 어떤 기분을 맛보게 했다. 나는 어떤 복된 포구를 향해 사막을 건너질러 걸어갔던 것이다. 그리고 내 앞에서 나를 위해 목견의 춤을 추고 있는 그 활활 타는 불로 내 노고의 보상을 받는 것이다.

이 이야기는 아무것도 아닌 것 같아 보인다. 그런데 그것은 하나의 큰 모험이었다. 내 방은 내가 어느 날, 관광객으로서 그 농가를 구경갔을 때, 거기서 절대로 발견하지 못했을 그 속을 투명하게 내게 보여 준 것이다. 관광객으로 왔다면 내 방은 겨우 침대 하나, 물 항아리 하나, 보기 싫은 벽난로 하나라는 세간이 놓인 평범한 공허밖에는 내보이지 못했을 것이다. 나는 여기서 몇 분 동안 하품이나 하고 있었을 것이다. 잠과 불과 광야라는 이 방의 세 지방, 이 방의 세 가지 문명을 내가 어떻게 서로 구별했을 것인가? 처음에는 엄마의 젖가슴에 달라붙어 안기고 보호되는 육체였다가, 다음에는 괴로움을 당하기 위해 만들어진 육체가 되고, 나중에는 지상 목표인 불의 문명으로 기쁨을 한층 더 누리는 어른이 된다는, 이 육체의 모험을 과연 어떻게 짐작할 수 있겠는가? 불은 주인의 체면을 세워 주고 그 친구들을 환대한다. 이들이 그 친구를 보러 가면 그들도 이 잔치에 참석해서 주인 자리 곁으로 의자를 당겨 앉는다. 그리고 시국 문제라던가, 걱정과 쓰라림 같은 이야기를 하면서 손을 비비고 곰방대에 담배를 담으며, '불이란 것은 어떻든 좋은 거야!' 하고 말하는 것이다. 그러나 내게 애정의 존재를 믿게 한 불은 이미 없어졌다. 내게 모험을 한다는 생각이 나게 할, 얼음장 같은 내 방은 이미 없어졌다.

나는 꿈에서 깨어났다. 있는 것은 절대적인 공허뿐이다. 있는 것은 극도의 노쇠뿐이다. 있는 것은 오직 내게 말하는 목소리, 원(願)을 고집하며 꿈꾸고 있는 뒤테르트르의 목소리뿐이다.

"방향타간을 약간 왼편으로 트세요, 대위님."

12

나는 정확하게 내 직무를 다하고 있다. 그렇다 해도 내가 패전의 탑승원인 데에는 변함이 없다. 나는 패전 속에 잠겨 있다. 패전은 사방에서 베어 나온다. 나는 그 증거를 손에 쥐고 있다.

가스 손잡이들이 모두 얼어붙었다. 나는 엔진을 최고 속도로 돌릴 수밖에 없게 되었다. 그런데 이 두 자루의 파쇠 조각이 내게 불가해한 문제를 제기하는 것이다.

내가 조종하는 이 비행기에는 프로펠러 속도의 증가가 너무 옅게 제한되어 있다. 그래서 최고 속도로 비행한다면, 시속 800킬로미터에 가까운 속력과 엔진의 과열을 피한다고 단언할 수 없게 된다. 그런데 엔진이 과열되면 파열될 위험이 따르는 것이다.

정 필요한 경우에는 접촉을 끊을 수 있을 것이다. 그러나 이렇게 하면 결정적인 엔진의 정지를 스스로 떠 안고 들어가는 것이 된다. 엔진이 정지하면 임무는 실패로 돌아가고 비행기는 버려야 할지도 모른다. 시속 180킬로미터로 지면과 접촉하는 비행기를 위해 어떤 지면이나 다 유리한 조건을 갖추고 있는 것은 아니다.

그러므로 가스 손잡이를 다시 움직이게 하는 것이 긴요하다. 첫 번째 노력의 결과로 나는 왼편 것은 고쳤다. 그러나 오른편 것은 여전히 말을 듣지 않는다.

이제는 내가 조절할 수 있는 쪽, 즉 왼쪽 엔진만이라도 회전수를 줄인다면 견딜 수 있는 비행 속도로 내려앉을 수가 있을 것이다. 그러나 왼쪽 엔진의 회전 속도를 줄이면 틀림없이 기체를 왼편으로 돌리기 위해 오른쪽 엔진의 측면 추력(推力)을 상쇄해야 할 것이다. 나는 이 선전(旋轉)에 저항해야만 할 것이다. 그런데 이 조작을 할 수 있게 만드는 방향타간마저 꽁꽁 얼어붙어 버렸다. 그러니 나는 아무것도 상쇄하지 못하게 되었다. 만약 왼쪽 엔진의 회전수를 줄인다면 나는 팽글팽글 맴돌기 시작할 것이다.

그러니까 내게는 강하할 때에 이론상 파열을 일으킨다는, 회전수를 초과한다는 위험을 무릅쓰는 것 외에는 다른 방도가 없는 것이다. 3천 500 회전은 곧 파열의 위험이다.

이런 것은 모두가 어처구니없는 짓이다. 제대로 들어맞는 것은 하나도 없다. 우리의 세계는 서로 잘 맞지 않는 톱니바퀴들로 이루어져 있다. 그것은 결코 자재(資材)의 탓이 아니라 시계장이의 탓이다. 시계장이가 부족한 것이다.

전쟁이 시작된 지 아홉 달이 되는 오늘, 우리는 아직도 관께 공장을 시켜 기관총과 조종 장치를 고공의 기상에 적합하도록 만들게 하는 데에 성공하지 못했다. 그래도 우리 앞을 가로막고 서 있는 것은 사람들의 부주의가 아니다. 사람들은 대개 정직하고 양

심적이다. 그들의 무기력은 거의 언제나 그들의 무효성의 결과지 원인은 아니다.

　무효성은 어떤 숙명처럼 우리 전체를 찍어누른다. 그것은 1대 10으로 싸우는 탑승원들을 찍어누른다. 그것은 기관총과 장치를 개량하는 것을 임무로 할 사람들을 찍어누른다.

　우리는 한 행정 기관의 캄캄한 뱃속에 살고 있다. 행정 기관은 하나의 기계다. 한 행정 기관이 완전하면 할수록 인간적인 독단은 제거된다. 사람이 완전한 톱니바퀴의 구실을 하는 행정 기관에서는 캐만, 불성실, 불공평 따위가 행세할 여지가 없다.

　그러나 기계가 미리 정해 놓은 일련의 작업을 하기 위해 만들어진 것처럼 행정기관 역시 창조는 하지 못한다. 행정 기관은 운영되는 것이다. 그것은 이러저러한 과실에 이러저러한 벌을 주고 이러저러한 해결책을 적용한다. 행정 기관은 새로운 문제를 해결시키도록 짜여 있지 않다. 철판을 우그러뜨리는 기계에 나뭇조각을 집어넣는다고 거기서 장(欌)이 만들어져 나오지는 않을 것이다. 기계가 적응하려면 어떤 사람이 독단에서 오는 불편을 막을 수 있도록 창안된 행정 기관에서는 톱니바퀴들이 시계장이를 거부하는 것이다.

　나는 11월부터 2의 33 비행대 소속되었다. 동료들은 내가 입대하자 이런 예고를 해주었다.

　"자네는 기관총도 조종 장치도 없이 독일로 산책 가게 되네."

　그리고는 나를 위로할 양으로,

　"걱정하지 말게. 그렇다고 손해볼 거 하나 없네. 적 전투기들은 언제든지 여기서 발견하기 전에 떨어뜨려 주니까."

여섯 달이 지난 5월에도 기관총과 조종 장치는 여전히 얼어붙는다.

나는 우리나라만큼이나 오래된 말 한 구절을 생각한다. '프랑스에서는 모든 희망이 없어진 것 같을 적에 어떤 기적이 프랑스를 구해 준다'라는. 나는 그 이유를 알았다. 어떤 재난이 닥쳐와서 훌륭한 행정 기계를 못쓰게 만들고, 그 기계는 고칠 수 없다는 것을 알게 되었을 적에 할 수 없이 기계 대신 사람들을 쓴 일이 때로는 있었다. 그런데 그 사람들이 모든 것을 구해 냈던 것이다.

어뢰로 항공부가 잿더미로 변하고 나면 급히 아무 병장(兵長)이나 불러 말할 것이다.

"자네에게 조종 장치를 녹이는 임무를 맡기네. 자네는 무엇이든지 할 권리가 있네. 적당히 해보게. 하지만 보름이 지난 뒤에까지도 조종 장치가 얼어붙어 있으면 자네는 영창행일세."

그러면 얼어붙은 조종 장치가 녹을지도 모른다.

나는 이 결함의 실례를 얼마든지 안다. 예를 들면, 북부 지방 어떤 현의 징발 위원회에서는 새끼를 밴 암소를 전부 징발해서 도살장을 태아의 묘지로 만들고 말았다. 기계의 어느 톱니바퀴도 징발계의 어느 대령도 톱니바퀴처럼 움직이는 외에는 아무 자격도 없었다. 그들은 모두가 시계 속 모양으로 다른 어떤 톱니바퀴에도 따라 움직였다. 그 어떤 반항도 소용없었다. 그렇기 때문에 이 기계가 한 번 못쓰게 되기 시작하자 아무 거리낌없이 새끼를 밴 암소들을 도살하는 일을 한 것이다. 그것이 어쩌면 덜 해로운 것이었는지도 모른다. 그 기계가 더 심하게 못쓰게 되어 대령들을 때려눕히기 시작할 수도 있었을 테니까 말이다.

나는 이 전반적인 쇠퇴를 생각하면 낙담이 뼛속에 사무치는 느낌이 든다. 그러나 조금 있다가 엔진 하나를 폭발시키는 것도 쓸데없는 일처럼 생각되어 다시 왼쪽의 가스 손잡이를 밀어 본다. 속이 뒤집혀 나는 지나치게 힘을 준다. 그러다가는 포기한다. 이 노력의 값으로 나는 심장에 다시 한 번 통증을 느낀다. 역시 사람은 1만 미터 상공에서 육체 훈련을 하도록 만들어지지 않았다. 이 통증은 은은한 고통이어서, 밤에 야릇하게 밤이 깬 기관의 부분적 의식이라고 할 만한 것이다.

엔진들이 터지고 싶다면 터지래라. 나는 그까짓 것은 아무렇지도 않다. 나는 애써 숨을 쉬려고 해본다. 내가 다른 생각을 하고 있으면 숨을 쉴 수 없게 될 것만 같다. 나는 불을 다시 일으키는 데에 쓰이는 옛날 풀무를 기억한다. 나는 내 볼을 다시 일으킨다. 나는 그것이 불어 주었으면 좋겠다.

13

 그것은 그 파괴에 의해 독일군의 진격을 다만 한나절이라도 더 디게 하지는 못할 텐데도 북부 프랑스의 촌락을 전부 불태워 버 린 것이나 마찬가지이다. 그렇지만 이 촌락들이 오래 두고 이루 어 온 것, 그 오래된 성당들, 그 묵은 집들, 그 쌓이고 쌓인 추억 들, 호두나무 널로 만든 그 훌륭한 마루들 그리고 지금까지 사용 되면서도 상하지 않은 장 속의 그 옷과 창문의 레이스 커튼 따위, 이 모든 것이 덩케르크에서 알자스에 걸쳐 타오르는 것이 내려다 보이는 것이다. 1만 미터의 상공에서 내려다볼 적에는 타오른다 는 말이 너무 어마어마하게 느껴진다. 왜냐하면 촌락 위든, 산림 위든 보이는 것은 오직 희끄무레한 서리 모양으로 깔려 있는 움 직이지 않는 연기뿐이기 때문이다. 불은 비밀로 행해지는 소화 (消化)에 지나지 않게 되었다. 1만 미터 상공에서는 시간이 느리 게 흐르는 것같이 느껴진다. 움직임이 없기 때문이다. 탁탁 튀는 불꽃도, 와지끈 퉁겨지는 대들보도, 시커먼 연기의 소용돌이도 없다. 있는 것이라곤 호박빛 속에 엉긴 잿빛 도는 저 우유뿐이다.

사람들은 저 수풀을 낫게 할 것인가? 사람들은 저 촌락을 낫게 할 것인가? 나 있는 데서 내려다보니 불은 병처럼 느릿느릿 파먹어 들어간다.

여기에 대해서는 아직 할말이 많다. '우리는 촌락들은 아끼지 않을 것이다' 라는 말을 나는 들었다. 그리고 이 말은 필요한 것이기도 했다. 한 촌락은 전쟁중에 있어서는 전통의 중심이 아니다. 적의 손에 들어가면 그곳은 이미 쥐의 소굴에 지나지 않는다. 모든 것이 의의가 달라지고 만다. 가령 300년 묵은 이러저러한 노목들이 그대의 대대로 내려오는 묵은 집을 그늘지어 주었다고 하자. 그러나 그 나무들은 22살짜리 중위의 사격 범위에 방해가 된다. 그러자 중위는 사병 15명을 그대의 집으로 파견해서 오랜 세월의 사업을 송두리째 없애 버린다. 그는 10분 동안의 행동을 위해 인내와 태양으로 이루어진 300년의 세월을, 집에 대한 애착과 정원의 나무 그늘에서 이루어진 약혼식의 추억을 간직한 300년의 세월을 소모시켜 버리는 것이다. 그대는 그에게 말한다.

"내 나무들을!"

그에게는 그대의 말이 들리지 않는다. 그는 전쟁을 하고 있는 것이다. 그 사람이 하는 일은 옳은 것이다.

그러나 지금 공원을 파괴하는 것이나, 촌락을 불사르는 것이 모두 전쟁 놀이를 하기 위해서요, 탑승원들을 희생시키는 것도 전차를 향해 보병대를 돌격시키는 것도 전쟁 놀이를 하기 위해서다. 그래서 말할 수 없는 불안한 기분이 가득 차 있는 것이다.

적은 어떤 명백한 사실을 인식하고 그것을 이용한다. 끝없이 넓은 땅에서 사람들이 차지하는 자리란 하찮은 것이다. 잇닿은 장벽을 세우려면 사병이 1억이나 있어야 할 것이다. 그러니까 군대와 군대 사이에는 빈틈이 있기 마련이다. 빈틈들은 원칙적으로 군대의 기동성에 의해 메워지는 것이다. 그러나 전차에서 볼 적에 기동력을 별로 구비하지 못한 적군은 움직이지 않는 것이나 다를 바 없다. 그러니까 빈틈은 실제로 벌어진 통로로 만들어 놓는 것이 된다. 따라서 다음과 같은 지극히 간단한 전략 용법이 생겨나는 것이다.

"전차 사단은 물처럼 행동해야 한다. 적의 벽을 살그머니 밀어봐서 조금도 저항이 없는 곳으로만 나아가야 한다."

이리해서 전차들은 벽을 밀어 본다. 빈틈은 언제나 있는 법이다. 전차들은 언제나 지나가게 된다.

그런데 거기에 대항시킬 만한 탱크가 없기 때문에 유유히 돌아다니는 이들 전차의 정진이 언뜻 보기에는 국지 사령부의 점령, 전화선의 절단, 촌락의 화재 따위의 피상적 파괴밖에는 하지 않는 것 같지만, 실제에 있어서는 회복할 수 없는 중대한 결과를 가져온다. 그놈들은 기관들을 파괴하지 않고 신경과 신경구들을 파괴하는 화학 작용의 구실을 하는 것이다. 그 놈들이 번개처럼 쓸고 지나간 지역은 어떠한 군대라도 비록 외양으로는 별반 손상이 없는 것같이 보이는 경우라 할지라도 군대로서의 성격을 잃는다. 그것은 제각기 하나의 독립된 응결체로 변해 버린다. 하나의 조직체가 있던 그곳에 이제는 서로 연락이 끊어진 기관들의 무더기가 있을 뿐이다. 사병들이 아무리 전의가 왕성하더라도 이렇게 되면 덩어리와 덩어리 사이를 적은 마음대로 진격한다. 한 군대가 그것이 사병들의 무더기에 지나지 않을 적에는 이미 볼장 다 본 것이다.

군대를 보름 동안에 만들어 낼 수는 없다. 아니 아무리 시간이 걸려도…… 군비 경쟁에는 지게 되어 있다. 우리 농사꾼 4천만 명이 공업가 8천만 명과 대항하는 꼴이었다.

우리는 적병 세 명에 대해 한 사람을 대항시킨다. 비행기 10대 혹은 20대에 대해 한 대를 그리고 덩케르트의 비극이 있은 뒤로는 전차 100대에 대해서 1대를 내세우는 것이다. 우리는 과거를 명상할 여유가 없다. 우리는 현재에 직면해 있는 것이다. 현재는 이런 것이다. 어떠한 희생을 하더라도 어디서도 절대로 독일군의 진격을 더디게 할 수는 없다.

그래서 군인이나 민간인이나 계급의 상하를 막론하고 아래로는 땜장이로부터 위로는 장관에 이르기까지, 사병에서 장군에 이르기까지, 표현할 수 없고 감히 표현할 엄두도 내지 못하는 일종의 불안감이 감돌게 된 것이다. 어떤 희생이라 할지라도 그것이 흉내 노래나 자살에 지나지 않을 때에는 조금도 위대한 것이 되지 못한다. 자기를 희생한다는 것은 훌륭한 일이다. 그것은 많은 사람들의 구원을 위해 몇몇 사람이 죽는 것이다. 불이 났을 적에는 불이 더 번져 나가지 못하게 집의 일부분을 미리 헐어 버린다. 작은 진지(陣地)에서 죽기를 무릅쓰고 싸우는 것은 구원자들에게 시간을 마련해 주기 위해서이다. 그렇기는 하지만 무슨 짓을 하든 불은 퍼지고야 말 것이다. 몸을 의지할 만한 진지가 있을 리 없고, 도무지 구조대를 바랄 만한 형편도 되지 못한다. 그리고 싸움하는 사람이나 싸우기를 주장하는 그 사람들로 말하자면, 내게는 단순히 그 사람들이 그 사람들의 학살을 도발하는 것처럼 생각된다. 왜냐하면 군대의 후방에서 도시들을 짓이겨 놓는 비행기는 전쟁의 성격을 바꾸어 놓았기 때문이다.

나는 이 다음에 몇몇 다리가 폭파되지 않았다고, 몇몇 촌락이 불타지 않았다고, 몇몇 사람이 죽지 않았다고 외국 사람들이 프랑스를 비난하는 소리를 들을 것이다. 그러나 내 마음을 아프게 찌르는 것은 그와 반대되는 것, 그와 정반대되는 것이다. 그것 때문에 우리는 눈을 감고 귀를 막기에 무한한 노력을 하는 것이다. 그것은 우리가 명백한 사실에 대해 절망적인 저항을 하고 있다는 것이다. 무슨 짓을 해도 아무 짝에도 소용이 되지 않는 것, 전쟁 놀이를 하기 위해 우리는 그래도 다리를 폭파시킨다. 전쟁 놀이를 하기 위해 우리는 촌락들을 불사른다. 우리 군인들이 죽는 것도 전쟁 놀이를 하기 위해서이다.

물론 빠뜨리는 것도 있으리라! 다리들을 빠뜨리고 촌락들을 빠뜨리고, 사람들을 살게 버려 두기도 한다. 그러나 이 패전의 비극은 온갖 행동을 무의미하게 만드는 것이다. 다리를 폭파시키는 사람이라면 누구나 그것을 할 적에 마음이 편하지 않을 것이다. 이 사병은 적의 진격을 더디게 하지는 못한다. 그는 다리만 폐허로 만들 뿐이다. 그는 훌륭한 전쟁 만화를 만들기 위해 자기 나라를 손상시키는 것이다.

행동에 열성이 담기기 위해서는 그 행동의 뜻이 드러나야 한다. 그 잿더미 속에 적이 파묻혀 버린다면 집을 불사른다는 것은 훌륭한 일이다. 그러나 160개 사단의 병력을 믿는 적은 우리의 초토 전술과 전사자를 우습게 안다.

촌락을 불태우는 의의가 서로 걸맞아야 하는 것이다. 그런데 불태운 촌락의 만화 같은 구실에 지나지 않는 것이다.

죽음의 의의가 죽음과 서로 걸맞아야 하는 것이다. 사병들이 잘 싸우는가? 잘못 싸우는가? 이것은 문제 자체가 무의미하다. 이론적으로 따져 한 촌락의 방위가 고작 3시간 정도 가리라는 것은 뻔한 노릇이다. 그런데도 사병들은 그것을 사수하라는 명령을 받고 있다. 항쟁할 힘이 없는 그들은 전쟁 놀이의 규칙이 지켜지기 위해 적이 그 촌락을 파괴해 주기를 자진해서 청한다. 친절한 장기 상대 모양으로 일러준다.

"자네 이 졸을 잊어버리고 먹지 않았네……."

그런 식으로 이렇게 적에게 도전한다.

"우리는 이 동네를 지키는 사람들이다. 너희들은 쳐들어오는 사람들이다. 자, 시작해라!"

문제는 명백하다. 비행기 한 중대가 와서 발길질 한 번으로 동네를 으깨 놓고 만다.

"잘 두었어!"

물론 무기력한 병정들도 있기는 하다. 그러나 무기력은 절망이 닳고닳은 형태이다. 또 도망병들이 있는 것도 사실이다. 알리아스 대장 자신도 두세 번 길에서 만난, 그가 묻는 말에 건성으로 대답하는, 지쳐 빠진 낙오병을 권총으로 위협한 일이 있다. 누구나 패전의 책임자를 붙잡아 그를 죽임으로써 모근 것을 구제하고 싶은 생각이 간절한 것이다. 도망병들이 없으면 도망이 없을 터인즉 도망병들은 도망의 책임자이다. 그러니까 권총을 내대기만 하면 모두가 해결되겠지. 그러나 그것은 어디까지나 병을 없애기 위해 병자를 매장하는 것과 같다. 알리아스 대장은 결국 권총을 도로 집어넣고 말았다. 그 권총이 자기 눈에도 갑자기 희가극의 군도(軍刀)같이 너무나도 거창하게 보였던 것이다. 알리아스는 그 낙오병들이 패전의 결과이지 그 원인이 아니란 것을 똑똑히 깨달은 것이다.

알리아스는 그 병정들이 다른 데에서 오늘 기꺼이 죽음을 당하는 병정들과 같은 사람이라는 것을, 같은 사람임을 잘 알고 있다. 보름 전부터 15만 명이 기꺼이 죽음을 당했다. 그러나 죽음에 타당한 이유를 대라고 요구하는 짓궂은 친구들도 있다. 그 이유를 대기는 어렵다.

경주하는 사람이 자기와 같은 또래의 경쟁자들과 목숨을 건 경주를 할 참이다. 그런데 출발하자마자 자기 발목에 죄수의 쇳덩어리가 매달려 끌려오는 것을 발견한다. 경쟁자들은 날개처럼 가뜬한데, 이미 경기는 아무런 의미도 없어지고 그래서 그는 경주를 그만두고 만다.

"이건 말이 안 돼!"

"천만에, 천만에!"

경주가 이미 경주다운 것이 아닌데도 그 사람 스스로 자신을 바치게 만들려면 무슨 이유를 생각해 내야 할 것인가?

알리아스는 사병들이 무슨 생각을 하고 있는지 잘 안다. 그들도 이렇게 생각한다.

"이건 말이 안 돼!"

알리아스는 권총을 도로 집어넣으며 그럴 듯한 대답을 생각해 본다.

그럴 듯한 대답은 하나밖에 없다. 오직 하나뿐이다. 누구든지 다른 대답을 찾아낼 수 있으면 찾아내 보라.

"네가 죽는다고 해서 아무것도 달라질 것은 없다. 패전은 기정사실이다. 그러나 패전은 전사자로써 나타나는 것이 마땅하다. 그것은 하나의 초상(初喪)이라야 한다. 너희들은 그 구실을 다할 책임이 있다."

"좋습니다, 대장님."

알리아스는 도망병들을 경멸하지 않는다. 그는 자기의 그럴 듯한 대답이 언제나 충분한 구실의 대답을 했음을 너무나 잘 알고 있다. 그도 역시 기꺼이 죽음을 당할 각오가 되어 있다. 그의 밑에 있는 탑승원들도 모두 기꺼이 죽음을 당할 생각이다. 우리에게도, 별로 서둘러 말하지 않는 그 훌륭한 대답으로 족했다.

"참 곤란하게 되었소. 하지만 사령부에서는 꼭 하라는구료. 세상없어도 꼭 하나는 거요. 사정이 이렇소."

"좋습니다, 대장님."

나는 그저 전사한 사람들은 다른 이들의 보증이 된다고 생각할 뿐이다.

14

 나는 너무 늙어서 모든 것을 뒤에 버려 두고 왔다. 나는 내 유리창으로 번쩍이는 커다란 원반을 바라본다. 저 밑에는 사람들이 있다. 그들은 현미경 옵엑트 글라스 위에 놓인 적충류들이다. 적충류의 집안싸움에 흥미를 가질 수 있겠는가?
 생생하게 느껴지는 심장의 이 고통만이 아니라면, 나는 늙은 폭군처럼 아득한 몽상 속으로 잠겨 들어갈 것이다. 10분 전만 해도 나는 그 구혼자들 이야기를 생각했다. 그것은 욕지기가 날 만큼 엉터리였다. 적 전투기를 발견했을 적에, 내가 그렇게 부드러운 탄식 같은 것을 생각이나 했느냔 말이다. 꼬리가 날카로운 땅벌 생각을 했다. 그것은 사실이다. 그놈들은 몹시도 작았다.
 내가 뻔뻔스럽게도 그 꼬리옷 모습을 생각해 낼 수 있었다니! 내 비행기의 항적을 일찍이 한 번도 본 일이 없다는 이유만으로도 내가 꼬리옷 같은 것은 생각하지도 않았다는 것이 된다. 갓 속에 든 파이프처럼 틀어박힌 이 조종석 안에서 나는 뒤쪽은 조금도 관찰할 수 없는 것이다. 나는 기총수의 눈을 빌려서야 뒤쪽을 보는 것이다. 그것도 통화기가 고장이 나지 않았을 때의 이야기이다. 그런데 내 기총수가,

"자, 우리한테 구혼하는 자들이 우리 꼬리옷을 따라옵니다."

따위의 말을 내게 해준 적은 한 번도 없다.

거기에는 이미 회의와 재주넘기밖에는 없다. 물론 나는 믿고 싶기도 하고 싸우고 싶기도 하고 이기고 싶기도 하다. 그러나 우리의 촌락에 불을 지르며 아무리 믿는 체, 싸우는 체, 이기는 체 해도 거기에서 감격을 자아내기는 매우 어려운 일이다.

살기가 힘드는구나. 사람이란 인연의 매듭에 지나지 않는데, 내 인연은 보잘것없는 것이 되어 버리지 않느냐 말이다.

내 안에 무엇이 고장났단 말인가? 이 변화의 비밀은 어떤 것이란 말인가? 지금의 내게 있어서는 분명하지 않고 먼 꿈속 같은 것이, 다른 경우에는 내 마음을 몹시 뒤흔들어 놓는 것은 무슨 이유에서인가? 어떤 말 한 마디, 어떤 몸짓 하나가 어떤 운명에 끝없는 파문을 일으킨다는 것은 무슨 이유에서인가? 내가 만약 파스퇴르라고 한다면, 저 적충들의 노는 꼴까지도 대단히 감동적인 것으로 보여 현미경 옵엑트 글라스가 내게는 처녀림만큼이나 넓은 지역으로 보이고, 그것을 들여다봄으로써 최고의 모험을 한다는 기분을 맛볼 수 있으리라는 것은 도대체 어떤 영문인가? 저 밑에, 사람이 사는 저 밑에, 사람 사는 집인 저 검은 점이 무슨 이유로······.

그러자 어떤 추억이 되살아난다.

내가 조그만 아이였을 적에…… 나는 아주 어릴 적 일을 추상한다. 어린 시절, 누구나 겪어 온 그 넓은 지역. 나는 어디에서 왔을까! 나는 내 어린 시절에서 왔다. 나는 어떤 나라에서 오듯 내 어린 시절에서 왔다. 그건 그렇고, 어렸을 적에 어느 날 저녁, 나는 우스운 체험을 했다.

내가 대여섯 살 적 일이다. 8시였다. 8시라면 아이들이 자야 하는 시간이다. 특히 겨울이면 아주 캄캄하니까. 그러나 사람들은 나에 대한 생각을 깜빡 잊고 있었다.

그런데 그 커다란 시골집의 아래층에 나한테는 굉장히 넓어 보이는 현관이 있었다. 우리 아이들이 식사를 하는 따뜻한 방문은 이 현관 쪽으로 나 있었다. 나는 이 현관이 언제나 무서웠는데, 그것은 아마도 가운데쯤에서 겨우 어둠을 흩어 주는 희미한 등잔, 아니 등이라기보다 차라리 어떤 신호라고 할 만한 불 때문이었는지도 모른다. 고요한 가운데에서 뚝뚝 소리가 나는 높은 판자벽 때문이거나 추위 때문인지도 모른다. 밝고 따뜻한 바에서 그곳으로 나오면 나는 굴속에라도 들어가는 것 같았으니까.

그러나 그날 저녁, 집안 사람들이 내 생각을 깜빡 잊어버린 것을 보고, 나는 악마에라도 홀린 듯 문의 손잡이를 쥐어 살그머니 밀어 열고는 현관으로 나왔다. 그러고는 아무도 몰래 세계 탐험을 했다.

그런 중에도, 판자 벽의 삐걱거리는 소리가 내게는 하늘의 분노를 알리는 소리같이 들렸다. 어두컴컴한 가운데에 나를 나무라는 듯한 커다란 나무판자들이 어렴풋이 보였다. 감히 더 들어갈 생각을 하지 못하고 나는 이럭저럭 어떤 탁자 위에 올라갔다. 그러고는 벽에 기대앉아 다리를 흔들흔들하면서, 망망 대해 안에 솟은 바위에 올라선 조난자들이 그렇게 하듯이 가슴을 두근거리며 우두커니 있었다.

바로 그때 어떤 객실 문이 열리더니 내가 지극히 무서워하던 아저씨 두 분이 그 문을 닫고 나와 떠들썩하게 말하며 불빛을 막아 버리고는 현관을 이리저리 거닐기 시작했다.

나는 들킬까 벌벌 떨었다. 그중의 한 분, 위베르 아저씨는 내게 있어서 엄격함의 상징으로 보였다. 그는 천상(天上) 법정의 사자(使者)로 생각되었다. 아이를 한 번 퉁겨 준 일도 없는 이분은 내가 잘못을 저지를 때마다 늘 이맛살을 무섭게 찌푸리면서 이렇게 말했다.

"이번에 미국에 가면 종아리 때리는 기계를 사 와야지. 미국에서는 무엇이든 개량했단 말이야. 그래서 거기 아이들은 아주 얌전하거든. 그러니 부모들도 마음놓을 수 있고……"

그래서 나는 미국을 좋아하지 않았다. 그런데 그분들은 나를 보지도 못하고, 그 몹시 춥고 긴 현관을 오락가락 거니는 것이다. 나는 숨을 죽이고 현기증을 느끼며 눈과 귀로 그들 뒤를 따랐다. '현대는……' 하고 그들은 말했다. 그들은 어른의 비밀을 지닌 채 멀어져 갔고 나는 혼자 되뇌었다. '현대는……' 하고. 그랬다가는 이해할 길 없는 보물을 내게로 밀어 가지고 오기라도 하는 밀물처럼 그들은 다시 돌아오곤 했다. '어리석은 일이야. 정말이지 어리석은 일이란 말이야' 하고 한 분이 다른 분에게 말했다.

나는 그 구절을 무슨 진기한 물건처럼 주워 올렸다. 그렇게 하곤 다섯 살 먹은 내 의식에 그 구절의 힘을 시험해 보려고 천천히 되뇌었다.
"어리석은 일이야, 정말이지 어리석은 일이란 말이야."
썰물이 아저씨들을 밀고 나갔다가는 밀물이 다시 밀고 들어오는 것이었다. 아직은 인생에 대해서 어렴풋한 전망을 내게 보여주는 이 현상은, 어떤 중력 현상이나 마찬가지로 별의 운행처럼 규칙적으로 되풀이되었다. 나는 영원히 내가 앉아 있는 탁자 위에 꼼짝하지 못한 채 갇혀, 무엇이든지 아는 두 아저씨들의 천지창조에 협력하는 엄숙한 회의를 엿듣고 있었다. 이 집이 아직도 천 년을 견딜 수 있다면, 두 아저씨는 천 년 동안 큰 괘종의 추 모양으로 천천히 현관을 이리저리 거닐며 거기에 영원의 흥취를 부어 주고 있는 것같이 생각되었다.

내게 바라보이는 저 점은, 아마 1만 미터 저 밑에 있는 사람 사는 집이리라. 그런데 나는 거기에서 아무것도 얻지 못한다. 그렇지만 저것은, 어쩌면 두 아저씨가 오락가락 거닐며 어떤 어린아이의 마음속에 무한한 바다의 넓이보다도 더 엄청난 무엇을 천천히 쌓아 올려 주었던 커다란 시골집인지도 모른다.
1만 미터 상공에서 나는 한 주(州)만큼이나 되는 범위의 땅을 내려다보지만, 그런데도 모든 것이 나를 질식시킬 정도로 축소되어 있다. 내가 여기서 향유하는 공간은 저 검은 점 속으로 향유하던 것보다도 오히려 적다.
나는 넓이에 대한 관념을 잃었다. 나는 넓이에 대해서 장님이다. 그러므로 나는 그것에 대해 갈증 같은 것을 느낀다. 그리고 내게는 지금 모든 사람이 온갖 동경에 공통된 척도를 다루는 것 같은 생각이 든다.

어떤 우연한 일로 사랑이 싹트면 그 사람 안에서의 모든 것은 사랑의 의해 질서가 잡히고, 사랑이 그에게 넓이의 관념을 가져다 준다. 내가 사하라에서 살고 있을 적에, 아라비아 사람들이 밤에 느닷없이 우리 화톳불 주위에 나타나 멀리서 다가오는 위험을 알려 줄 때면, 사막이 한데 이어져 어떤 의미를 가졌다. 그 전령들이 넓이를 만들어 놓은 것이다. 음악이 아름다운 때에도 이와 마찬가지이고, 묵은 옷장의 하찮은 냄새가 추억을 불러일으키거나 그것을 서로서로 이어 줄 적에도 마찬가지이다. 감동이란 것은 넓이의 관념이다.

그러나 나는 사람과 관계되는 것은 아무래도 셀 수가 없고 될 수도 없다는 것도 이해한다. 진정한 넓이는 눈을 위해서가 아니라 오직 정신에게만 주어지는 것이다. 그것은 언어만한 값어치가 있다. 사물은 연결시키는 것은 언어인 까닭이다.

그러고 보니, 나는 문명이라는 것이 무엇인지 보다 좋게 이해가 되는 것 같다. 어떤 문명이란 여러 세기를 내려오며 천천히 얻어진 믿음과 풍속과 지식의 유산으로, 이론으로 해석할 수 없는 때가 있기는 하지만 어디로든 인도해 주는 길이 그러하듯이 언제나 스스로 증명이 된다. 왜냐하면 그것들은 사람에게 마음속 넓이를 보여 주기 때문이다.

악문학(惡文學)이 우리에게 탈출의 필요를 말해 준 적이 있다. 물론 사람들은 넓이를 찾아 여행으로 도피한다. 그러나 넓이는 발견되지 않는다. 그것은 세워지는 것이다. 그래서 탈출은 사람들을 아무데로도 인도하지 못하는 것이다.

사람이 자기가 사람임을 깨닫기 위해 경주를 하거나 합창을 하거나 전쟁을 하거나 하는 경우, 그것은 벌써 남과 세계와 맺어지기 위해 스스로 안고 들어가는 관계들이다. 그러나 이 얼마나 초라한 결연이란 말인가! 만약에 어떤 문명이 강력하다면 그것은 사람이 가만히 있을지라도 그의 속을 가득히 채워 주는 것이다.

어떤 조용한 작은 읍의 비 내리는 어느 날, 회색 하늘 밑에서 자기 집 병실 창가에 앉아 명상에 잠기는 한 병든 여인을 나는 본다. 그 여자는 누구인가? 사람들은 그 여자를 어떻게 하는가? 나는 그 소도시의 문명 정도를 그 여자의 존재 밀도를 가지고 판단할 것이다. 움직이지 않게 되었을 적에 우리는 어떤 값어치가 있는 걸까?

기도 드리는 도미니크 회 수사의 내부에는 확고한 존재가 있다. 이 사람이 꿇어 엎드려 꼼짝하지 않고 있을 적보다 더 사람다운 때는 없다. 현미경을 들여다보며 숨을 죽이고 있는 파스퇴르의 마음 안에는 확고한 존재가 있다. 파스퇴르에게는 관찰하는 때보다 더 인간다운 때가 없다. 그때에 그는 진취적이다. 그때에 그는 급히 서두른다. 그때에 그는 비록 꼼짝하지 않고 있으면서도 거인과 같은 발걸음으로 전진해서 넓이를 발견한다. 이와 마찬가지로 자기의 스케치 화를 앞에 놓고 묵묵히 움직이지 않고 있는 세잔도 지극히 귀중한 존재이다. 그가 입을 다물고 느끼고 판단할 때보다 더 사람다운 때는 없다. 그때 그의 화폭이 그에게는 바다보다도 더 넓은 것이 된다.

어린 시절을 지낸 집이 준 넓이, 오르콩트 동네의 집이 준 넓이, 현미경 시야에서 파스퇴르가 받은 넓이, 시(時)에 의해 열리는 넓이, 이것들은 모두 어떤 문명만이 나누어주는 여리고도 존귀한 재물이다. 왜냐하면 넓이는 정신의 것이지 눈의 것이 아니며 언어 없이는 넓이도 없는 것이니까.

그러나 모두가 뒤죽박죽이 된 지금 어떻게 내 언어의 의미에 다시 생명을 부어 줄 수가 있겠는가? 정원의 나무들이, 동시에 한 집안의 대대를 연결해 주는 배(船)도 되고 포병에게 가로놓인 장애물에 지나지 않기도 하는 지금, 도시를 무겁게 찍어누르는 폭격기의 압착기가 길을 따라 달아나는 온 백성을 시커먼 먹물 모양으로 흘러내려 보낸 이때, 프랑스가 파헤쳐진 개미집같이 걷잡을 수 없는 혼란에 빠진 지금, 손에 잡히는 적과 싸우는 것이 아니라 얼어붙은 방향타간과 꼼짝하지 않는 가스 손잡이와 헐거워진 볼트와 싸우고 있는 이때…….
"내려가도 좋습니다."
내려가도 좋단다. 그럼 내려가야지. 아라스에서는 저공으로 날아가리라.
이렇게 하는 것을 도와 줄 만한 천 년의 문명을 나는 내 뒤에 가지고 있다. 그러나 그 천 년 묵은 문명이 조금도 나를 도와 주지 않는다. 아마 상을 받을 때가 아직 오지 않은 모양이다.
시속 800킬로미터, 매분 3천 500 회전으로 고도를 낮춘다.
나는 선회해서, 형편없이 시뻘건 극지의 태양과 작별했다. 전방 5천이나 6천 미터 아래쪽에는 정면이 일직선으로 된 구름 무더기가 보이다. 프랑스의 한 귀퉁이가 온통 이 그림자로 덮여 있다. 아라스도 이 그늘 속에 있다. 이 무더기 밑은 모두가 거무튀튀하리라고 나는 생각했다. 거기가 바로 전쟁이 번뜻번뜻 비치는 큰 국대접의 배〔腹〕쯤 되는 곳이다. 도로의 혼잡, 화재, 여기저기 흩어진 군수품, 쑥밭이 된 촌락들, 무질서…… 엄청난 무질서, 이 모든 것이 마치 쥐며느리들이 돌 밑에서 우글거리듯 저 구름 밑에서 난장판을 이루고 있다.

  이 강하(降下)는 파멸과도 비슷하다. 우리는 그들이 허덕이고 있는 진흙탕 속을 헤매야 할 것이다. 우리는 일종의 퇴폐한 야만 시대로 돌아가는 것이다. 저 밑에서 모든 것이 분해되고 있는 것이다. 우리 탑승원은, 오랫동안 산호와 종려의 나라에서 살다가 파산해서 고국으로 돌아와 타고난 빈곤 속에서 인색한 가정의 미끈거리는 밥그릇과, 진저리나는 창피스러운 이사와, 집주인의 횡포와, 자선 병원에서의 병고와, 죽음을 한 몫 차지라는 부자 여행자들과도 같다. 여기서는 죽음이 적어도 깨끗하기는 하다. 얼음과 불로 인한 죽음이다. 해와 하늘과 얼음과 불로 인한 죽음. 그러나 저 밑에서는 진흙에 의한 저 소화!

15

"대위님, 진로를 남으로, 우리 고도는 프랑스 군 지역에서 처리하는 것이 나을 겁니다."

내가 이미 관찰한 저 검은 도로를 보니, 나는 평화를 이해하게 된다. 평화 중에서는 모든 것이 자체의 내부에 갇혀 있다. 촌락에는 저녁 무렵 동네 사람들이 돌아온다. 곳간에는 곡식이 들어찬다. 그리고 옷장 속에는 착착 갠 속옷을 넣어 둔다. 평화로운 시대에는 사람들이 어떤 물건이 어디에 있는지 안다. 어디에 가면 친구를 만날 수 있을지도 안다. 밤이 되면 어디 가서 잘지도 안다. 아아, 그러던 것이 캔버스가 바래고 세상에 몸둘 곳이 없어지고 사랑하는 이를 찾을 길이 없고, 바다에 나간 남편이 돌아오지 않으면 평화는 사라지는 것이다.

평화라는 것은 사물들이 그 뜻과 그 있을 곳을 찾아냈을 적에 그것들을 거쳐 나타나는 얼굴 모습이다. 땅 속의 잡다한 광물들이 나무 속에서 서로 연결하듯이 사물이 그 개체보다 더 큰 형상의 부분을 이룰 적에 나타나는 얼굴 모습.

그러나 이렇게 전쟁이 닥쳐왔다.

그러니까 나는 시럽이 끝없이 흐르는 검은 도로 위를 날고 있다. 주민을 철수시킨다고 한다. 이 말은 진실이 아니다. 주민들은 스스로 철수하는 것이다. 이 엄청난 이주에는 미친 듯한 전염성이 있다. 왜냐하면 이 방랑자의 무리가 대체 어디로 가느냐 말이다. 그들은 남쪽을 향해 걸음을 옮기고 있다. 마치 남쪽에 방과 양식이 있기나 한 것처럼. 그러나 남쪽에 있는 것이란 터질 듯이 꽉 찬 도시들뿐이어서, 사람들이 헛간에서 잠을 자고 식량은 떨어져 가고 있다. 거기서는 가장 마음 너그러운 사람들조차 느릿느릿 흘러 내려오는 진흙탕 강물처럼 그들을 삼켜 버리는, 이 어이없는 침입 때문에 성격이 거칠어진다. 주(州) 하나만 가지고는 프랑스 전체를 재울 수도 먹일 수도 없는 것이다.

그들은 어디로 가는가? 그들도 모른다. 그들은 허깨비 같은 기항지를 향해 걷는다. 그러나 대상이 오아시스에 접근하자마자 이미 오아시스는 사라져 버린다. 오아시스는 차례차례로 그 대상 속에 끼여든다. 그리고 이 대상이, 아직 살아가고 있는 것 같은 진짜 촌락에 이르면, 그들은 첫날 저녁부터 벌써 알맹이를 쏙 뽑아 먹는 것이다. 구더기 떼가 뼈다귀를 핥아먹듯.

적군은 피난민보다 더 빨리 진출한다. 어떤 곳에서는 장갑차들이 강물을 앞질러 간다. 그러면 강물은 부풀어올라 거꾸로 흐른다. 이 부글거리는 강물 속을 돌아다니는 독일 군대는 여러 사단이다. 그리고 어떤 곳에서는, 다른 데서 죽이던 바로 그 사람들이 여기서는 마실 물은 준다는 기막힌 모순을 보게 된다.

후퇴하는 중에 차례로 한 여남은 동네에서 야영했다. 우리도 이 촌락들을 지나가는 어중이떠중이들과 한데 어울렸다.

"어디로 가십니까!"

"몰라요."

그들은 아무것도 아는 것이 없었다. 아무도 아무것도 몰랐다. 그들은 철수하는 것이다. 비어 있는 피난처라고는 이미 없었다. 아무 도로도 그때는 통행할 수조차 없었다. 그래도 그들은 철수하는 것이다. 북쪽에서 어떤 자가 개미집을 세찬 발길로 걸어찼다. 그래서 개미들은 달아난다. 고생스럽게 허둥대지도 않고 희망도 없이 절망도 하지 않고 마치 하지 않으면 안 되는 것처럼.

"누가 당신들에게 철수하라는 명령을 내렸습니까?"

그것은 언제나 면장 아니면 교사, 그렇지 않으면 부면장이었다. 어느 날 새벽 3시쯤 해서,

"철수요."

명령이 별안간 동네를 뒤흔들었다.

동네 사람들과 그렇게 되리라고 생각했다. 보름 전부터 피난민들이 지나가는 것을 보아 온 그들인지라, 그들도 자기네 집의 영구성을 믿기를 단념했다. 그렇지만 인간은 벌써 오래 전에 유랑생활을 걷어치웠다. 그들의 후손들에게 소용이 될 세간들을 닦았다. 대대로 내려오는 집이, 새로 낳은 아이를 받아들여 그가 죽을 때까지 재워 주고, 튼튼한 배처럼 이 강기슭에서 저 강기슭으로 아들을 건네 주는 것이다. 그러나 그 집도 이제는 다 살았다. 그리고 왜 떠나는지 알지도 못하면서 사람들은 떠나는 것이다.

16

 우리는 도로에서 풍부한 체험을 했다. 우리는 가끔 같은 날 아침나절에 알자스, 벨기에, 네덜란드, 북부 프랑스 그리고 영불 해협을 돌아보는 임무를 맡은 일이 있었다. 그러나 우리에게 부과된 문제의 대부분은 지상의 것이었고, 우리의 지평선은 흔히 어떤 네거리의 혼잡이라는 데까지 좁혀졌다. 그리해서 바로 사흘 전, 뒤테르트르와 나는 우리가 살던 동네가 술렁거리는 것을 목격했다.
 나는 아마 언제까지고 이 끈적거리는 추억에서 헤어나지 못할 것이다. 뒤테르트르와 나는 아침 6시쯤 집에서 나오다가 말할 수 없는 혼란에 부딪쳤다. 차고라는 차고, 창고라는 창고, 헛간이라는 헛간 모두에서 좁은 길바닥으로, 별 잡동사니의 기계들이 다 쏟아져 나왔다. 새 자동차, 못쓰게 되어 50년째 먼지 속에서 잠자고 있던 헌 마차, 마초(馬草) 싣는 달구지, 트럭, 버스, 자갈 싣

는 차 따위. 이 수레 시장에서 잘 찾아보면 역마차까지도 찾을 수 있을 지경이었다. 바퀴 위에 얹힌 상자면 무엇이든지 끄집어냈다. 사람들은 집안의 모든 보화를 거기에 싣는다. 군데군데 터져 속이 삐죽 나오는 시트에 싸여 이 보화들은 수레 있는 쪽으로 뒤범벅이 되어 운반된다. 그러므로 이 보화들이 무엇인지조차 알 수가 없게 되고 만다.

그 재물들은 한 집을 번듯하게 꾸미던 것이었다. 그것들은 독특한 존경을 받는 물건들이었다. 제각기 제자리에 놓여 습관으로 인해 없어서는 안 될 물건이었고, 추억으로 인해 아름답게 되어, 그것이 힘을 합해 만들어 준 마음의 고향 때문에 그 물건들은 값이 있는 것이다. 그런데 사람들은 그 물건들 자체가 귀중한 줄로 생각되어 그것들은 벽난로에서, 탁자에서, 벽에서 떼어다가 마구 쌓아 놓았다. 그랬더니 그것들은 이미 다 낡아빠진 고물에 지나지 않게 되었다. 귀하게 여기던 유물들도 그것을 마구 쌓아 놓으면 구역질이 나는 법이다.

우리 눈앞에서 이미 무엇인가가 썩어 가고 있다.

"아니, 미쳤군요! 어찌된 일이요?"

우리가 가던 카페의 주인 여자가 어깨를 들썩이며 말한다.

"철수한대요."

"대관절 왜 철수하는 거요?"

"모르지요. 면장님의 명령이에요."

그 여자는 대단히 분주하다. 그 여자는 계단으로 뛰어들어간다. 뒤테르트르와 나는 한길을 살펴본다. 트럭 위, 승용차 위, 짐마차 위, 유랑 마차 할 것 없이 아이들과 매트리스와 부엌 그릇

나부랭이로 뒤범벅이 되어 있다.

그중에도 헌 자동차들은 비참하다. 마차의 채 사이에 버티고 서 있는 말을 보는 사람에게 건장한 느낌을 준다. 말에게는 부속품이 필요 없다. 짐마차라면 못 세 개만 가지고 고칠 수 있다. 그러나 기계 문명 세계의 이 유물들이란 모두 피스톤, 밸브, 마그네트, 톱니바퀴 하는 것이 모여 된 것들이어서 언제까지나 움직일 수 있을지.

"대위님, 좀 도와 주시겠어요?"
"여부가 있어요? 무엇인데요?"
"과에서 자동차를 꺼내게요!"
나는 기가 막혀 그 여자를 바라본다.
"당신은 운전을 못하십니까?"
"오오, 그야 한길에 나서면 괜찮을 거예요. 덜 어려우니까요."
그 여자와 올케는 아이가 7명이나 된다.
한길에 나서면, 한길에 나서면 그 여자는 하루에 20킬로미터를, 그것도 200미터 가서 쉬고 또 쉬고 해서 전진할 것이다. 200미터마다 그 여자는 헤어날 길 없는 혼잡 가운데서 브레이크를 밟고, 정거하고, 기어를 빼고, 기어를 넣고, 속도를 바꾸고 해야 할 것이다. 그 여자는 모두를 망가뜨리고 말 것이다. 그리고 휘발유는 떨어질 것이고, 오일도 떨어지고, 물 넣는 것까지도 잊어버릴 것이다.
"물 넣는 것에 정신을 차리시오. 당신 차의 라디에이터는 소쿠리처럼 줄줄 샙니다."
"아, 그래요? 차가 오래 되어서요."

"당신은 여드레 동안이나 운전해야 할 텐데…… 그걸 어떻게 해내지요?"

"모르지요."

여기서 10킬로미터도 가지 못해 그 여자는 벌써 자동차 3대와 박치기하고, 기어를 못쓰게 만들고, 타이어를 터뜨리고 말 것이다. 그러면 그 여자와 올케와 7명의 아이들은 자기들 힘으로는 이겨낼 수 없는 어려운 문제에 부딪쳐 어쩔 줄을 몰라 하며 한길가에 앉아 목동을 기다릴 것이다. 그러나 목동들은…….

그 목동들이라는 것이 기가 막히게 부족한 것을 어쩌랴! 뒤테르트르와 나는 양떼의 발의(發意)를 여러 번 목격할 것이다. 그리고 이 양떼들은 굉장히 요란스럽게 기계 소리를 내며 갈 것이다. 3천 개의 피스톤, 5천 개의 밸브. 이 기계들이 저마다 삐걱거리며 긁히고 부딪치고 할 것이다. 어떤 라디에이터에서는 물이 펄펄 끓을 것이고, 이렇게 해서 이 불운한 대상의 고생스러운 행렬이 길을 떠날 것이다. 부속품도, 타이어도, 휘발유도, 수리공도 없는 이 대상이……. 이 얼마나 미친 짓이냐!

"당신들은 집에 그대로 처져 있을 수 없단 말이오?"

"그야, 집에 그대로 있으면 얼마나 좋겠어요!"

"그럼 왜 떠나는 거요?"

"명령이니까 그렇지요."

"누가 명령했소?"

"면장님이요."

여전히 면장이다.

"그야 누구든지 집에 그대로 있고 싶지요."

옳은 말이다. 우리가 여기서 호흡하고 있는 것은 공포의 공기가 아니고, 맹목적으로 당하는 부역의 공기이다. 뒤테르트르와 나는 그것을 이용해서 그중 몇 사람을 꾄다.

"당신들은 이런 걸 모두 내려놓는 게 나을 거요. 적어도 당신네 우물물을 마시게 될 테니 말이오."

"그야 물론 낫기야 하지요."

"당신들은 얼마든지 마음대로 할 수 있는 거요."

우리가 이겼다. 사람들 한 떼가 모였다. 그들은 우리의 말에 귀를 기울인다. 그들은 머리를 끄덕이며 찬의를 표시한다.

"대위님 말이 옳고 말고!"

교화시켰는데, 이 사람은 나보다도 더 열성적이다.

"내 뭐라고 그랬어. 한길에 나서기만 하면 아스팔트를 뜯어먹게 된다니까."

그들은 토론한다. 그들은 의견이 일치한다. 남아 있기로 한 것이다. 그중 몇 사람은 다른 사람들을 설복시키기 위해 다른 데로 간다. 그러나 그들은 낙심천만해서 돌아온다.

"틀렸어, 우리도 역시 떠나는 수밖에 없어."

"왜?"

"빵집이 떠났는걸. 누가 빵을 만드냔 말이야?"

동네는 이미 절단이 났다. 여기저기가 헤졌다. 모두가 한 구멍으로 새어나가고 말 것이다. 이제는 절망이다.

뒤테르트르가 제 생각을 내놓는다.

"사람들에게 이번 전쟁은 정상적이 아니라고 믿게 한 데에 비극이 있어요. 옛날에는 집에 그대로 남아 있었거든요. 전쟁과 생활과는 서로 용납이 된 거지요."

주인 여자가 다시 나타났다. 그 여자는 자루를 끌고 온다.

"우리는 40분쯤 있으면 이륙하는데⋯⋯ 커피가 아직 좀 남았습니까?"

"아이, 가엾어라."

그 여자는 눈물을 찍어 낸다. 천만에, 그 여자가 우리 때문에 우는 것은 아니다. 그렇다고 자기 자신을 생각하고 우는 것도 아니다. 그 여자는 기진맥진해서 우는 것이다. 그 여자는 벌써 1킬로미터마다 조금씩 더 결단날 꾀죄죄한 대상의 행렬 속에 자신이 삼켜져 버릴 것 같은 느낌 때문에 우는 것이다.

얼마쯤 가면 전투하러 오며 가며 이따금씩 전투기들이 저공 비행을 하면서 이 불쌍한 양떼 위에 기총소사를 퍼부을 것이다. 그러나 무엇보다도 이상하게 적 전투기들이 짓궂게 달라붙지 않는다. 죽은 사람도 얼마 없다. 그것은 일종의 사치, 일종의 충고 같은 것이다. 혹은 양떼가 걸음을 더 재게 옮겨 놓으라고 오금을 무는 목견이 하는 짓과 같은 것이다. 여기서는 혼란을 일으키기 위해서이다. 그러면 어째서 적은 별로 중요하지도 않은 이런 국지적인 행동을 산발적으로 하는 것일까? 적은 이 대상을 뭉그러뜨리느라고 별로 수고도 하지 않는다. 하기는 적이 있어야만 대상의 행렬이 뭉그러지는 것은 아니다. 기계는 저절로 망가지는 것이다. 기계라는 것은 시간의 여유가 넉넉히 있는, 평화롭고 고요한 사회를 위해서 고안된 것이다. 기계라는 것은 사람이 옆에 붙어 있어서 손질하고, 조절하고, 기름을 치지 않으면 걷잡을 수 없는 속도로 나빠져 간다. 이 자동차들은 오늘 저녁이 되면 천 년이

나 죽은 것처럼 보일 것이다.

　나는 기계의 임종을 지키는 것 같은 생각이 든다.

　사람은 임금님과 같은 위엄으로 말에 채찍질한다. 그는 명랑한 기색으로 안장 위에 버티고 걸터앉는다. 하기는 그가 한잔했는지도 모를 일이지만.

　"당신은 기분이 매우 좋으신 모양이군요."

　"세상의 종말이 왔소."

　각각 맡은 직분이 있고, 각양 각색의 귀중한 재주들을 가진 이 근로자들, 이 소시민들이 오늘 밤만 되면 모두 단순히 기생충과 벌레가 되어 버리리라는 생각을 하니 은근히 서글퍼진다.

　저들은 온 시골 바닥에 퍼져 모든 것을 집어삼키고 말 것이다.

　"누가 당신들을 먹여 준답니까?"

　"모르지요."

　한길에 널려 하루에 5킬로미터나 20킬로미터 정도밖에 전진하지 못하는 수백 만의 이주민에게 어떻게 식량을 보급한단 말인가? 보급 식량이 있다 하더라도 그것을 운반할 수 없을 것이다.

　이 인간과 고철의 뒤섞임을 보니, 리비아 사막의 일이 머리에 떠오른다. 프레보와 나는 햇볕에 반짝이는 검은 돌이 뒤덮여, 사람이 살 수 없는 무쇠 껍질로 둘러싸인 땅에서 살았다.

　그래서 나는 일종의 절망적인 기분이 되어 눈앞의 광경을 바라본다. 아스팔트 위에 내려앉은 메뚜기 떼가 과연 오랫동안 살 수 있을 것인가?

　"그래, 당신들은 물을 마시려면 비가 오기를 기다릴 셈이오?"

　"모르지요."

그들의 동네로 열흘 전부터 북쪽에서 내려오는 피난민들이 끊임없이 지나갔다. 그들은 열흘 동안 끝이 없는 그 엄청난 이주의 행렬을 목격했다. 이제는 그들의 차례가 되었다. 그들은 행렬에 끼여든다. 무슨 자신이 있어 그러는 것은 아니다.
"나는 집에서 죽었으면 좋겠어."
"누구든지 제 집에서 죽고 싶지."
그것은 옳은 말이다. 아무도 떠나고 싶지 않다는데도 동네 전체가 모래성 모양으로 무너져 버린다.

만일 프랑스가 예비군을 가지고 있다면, 이 예비군의 출동은 도로의 혼잡으로 완전히 막히고 말 것이다. 고장난 자동차들과 앞부분과의 꼬리가 서로 맞붙은 자동차들이며, 네거리의 헤어날 수 없는 혼잡이 있을 것이다. 그래도 정 억지를 쓰면 이 물결의 흐름을 따라 내려갈 수는 있겠으나 어떻게 이것을 거슬러 올라갈 수가 있겠는가?
"예비군이라곤 한 명도 없으니 만사가 해결되지 뭡니까?"
뒤테르트르가 말했다.
어제부터 정부에서는 촌락의 철수를 금지했다는 소문이 돈다. 그러나 명령이 어떻게 해서 전달이 되는지 알 수가 없다. 왜냐하면 도로에 의한 교통은 이미 불가능한 형편이었으니까, 전화 회선으로 말하자면 통화가 폭주하거나 전선이 끊어졌거나 안전성이 없거나 했다. 그리고 명령을 내리는 것이 대수가 아니고 윤리를 새로 발견하는 것이 문제이다. 천 년 전부터 부녀자들은 전쟁권 밖으로 물러나게 해야 된다고 배웠다. 전쟁은 남자들의 일이다. 면장들도 이 법칙을 잘 알고 있었다. 부면장도 교사도 잘 알고 있다. 별안간 그들은 철수를 금지하라는, 다시 말하면 부녀자들을 폭격 밑에 머물러 있도록 붙잡아 두라는 명령을 받는다. 그들의 양심을 이 새로운 시대에 적응시키려면 적어도 한 달은 걸릴 것이다. 그런데도 적은 전진한다. 그래서 면장들과 부면장들과 교사들은 그 백성을 한길에 놓아 주는 것이다. 어떻게 해야 할 것인가? 진리는 어디에 있는가? 그리하여 앙떼는 목자 없이 길을 떠나는 것이다.

"여기에 의사는 없습니까?"
"댁은 이 동네 분이 아닙니까?"
"아니요, 우리는 훨씬 북쪽에서 오는 길입니다."
"의사는 왜 찾으시오?"
"아내가 짐마차 속에서 해산하게 되어서요."
부엌 그릇 나부랭이 틈에서 보이는 것은 파괴뿐인, 광야 한가운데의 마치 가시덤불 같은 위에서,
"댁은 그것을 미리 알아차리지 못했단 말이오?"
"길을 떠난 지가 나흘이나 되는걸요."
길은 어찌할 수 없는 강들이다. 어디에서 멎을 것인가? 길 옆에 있는 동네들은 차례차례로 마치 공동 하수도로 터져 들어오듯 제 물에 길로 쑥 빠져 들어오고 만다.
"의사는 없습니다. 비행대에 딸린 의사는 20킬로미터 더 가야 있습니다."
"아, 그래요?"

사나이는 얼굴의 땀을 훔친다. 모든 것이 와해된다. 그의 아내는 한길 한가운데서 부엌 그릇 사이에 씌어 해산한다. 이 모든 것에 하나도 잔혹한 것은 없다. 그것은 우선 무엇보다도 인간성을 떠난 것이다. 아무도 한탄하지 않는다. 한탄은 이미 의미가 없어지고 말았다. 하기 아내가 죽어 가지만 그는 탄식하지 않는다. 어쩔 수 없는 노릇이다. 그저 악몽이라고나 해 두자.

"하다 못해 어디 가서 좀 멈추기라고 했으면……."

어디에서든 진짜 동네가, 진짜 주막이, 진짜 병원이 있었으면……. 그러나 무슨 이유인지 병원도 철수시킨다. 이것이 전쟁놀이의 규칙이다. 규칙을 새로 만들어 낼 시간이 없다. 어디서고 진실된 죽음을 만났으면! 그러나 진실된 죽음이란 이미 없다. 자동차처럼 망가지는 육체가 있을 뿐이다.

그리고 이르는 곳마다 지쳐 버린 조급증, 나는 조급을 단념해 버린 조급증을 느낀다. 들판을 건너질러 하루에 100킬로미터 이상을 전진하는 전차와 시속 600킬로미터로 날아다니는 비행기, 사람들은 하루 5킬로미터의 속도로 피해 달아난다. 병을 쓰러뜨렸을 적에 시럽이 흘러나오듯 저 사람의 아내는 해산한다. 그러나 저 남자는 도무지 급하지 않게 되었다. 긴급과 영원 사이에 불안정한 평행으로 매달려 있는 것이다.

모든 것이 임종하는 사람의 반사 운동처럼 느려졌다. 도살장 앞에서 기진맥진해서 제자리걸음을 하고 있는 양떼 같은 것처럼, 아스팔트 위에 내쳐진 이들은 5만인가, 1천만인가? 이들은 영원히, 문턱에서 피로와 권태로 제자리걸음을 하는 백성들이다.

사실 나는 이들이 어떻게 해서 살아갈지 도무지 어림짐작이 가지 않는다. 사람은 나뭇가지를 먹고 살지는 못한다. 그들도 그것을 어렴풋이 짐작한다. 그러나 별로 겁을 집어먹지도 않는다. 자기 생활 환경에서, 자기 일에서, 자기 의무에서 떨어져 나온 그들은 모든 의미를 잃었다. 그들은 개성마저 닳아 버렸다. 그들은 이미 전의 그들이 아니다. 그들은 별로 존재하지 않는다. 그들은 이다음에 가서야 자기네 고통을 생각할 것이다. 그러나 그들은 무엇보다도 운반해야 하는 것이 너무 많아서, 터져서 창자가 쏟아져 나오는 시트의 매듭을 너무 많이 매어, 밀어서 발동시켜야 하는 자동차가 너무 많아서, 멍이 든 허리가 아파 죽을 지경이다.

패전에 대한 이야기는 한 마디도 없다. 그것은 명백한 사실이기에, 그대는 그대 자신을 이루고 있는 것은 따질 필요를 느끼지 않는다. 저들이 패전인 것이다.

내 눈에는 별안간 내장이 쏟아져 나오는 프랑스의 모습이 뚜렷하게 떠오른다. 빨리 다시 꿰매야 할 것이다. 1초도 미룰 수 없다. 그것들은 몹시 위독하다.

이제 시작이다. 그것들은 물에 나온 물고기 모양으로 벌써 숨을 헐떡인다.

"이 근처에 우유가 없습니까?"

이 질문은 우스워 죽겠다.

"제 어린것이 어제부터 아무것도 마시지 못했답니다."

생후 여섯 달 된 젖먹이는 아직도 꽤 시끄러운 편이다. 그러나 이 시끄러운 소리도 오래 가지는 못할 것이다. 물고기가 물 밖에 나오면……. 여기에는 우유라고는 한 모금도 없다. 여기에는 파괴가 있을 뿐이다. 여기에는 1킬로미터를 갈 때마다 너트와 나사

못과 철판을 잃고 해서 점점 더 못쓰게 되는, 지극히 무익한 엄청난 이주 집단을 이끌고 허무로 향해 가는 아무 쓸모 없는 대량의 파괴가 있을 뿐이다.

적기가 수 킬로미터 남쪽의 도로를 기총소사한다는 소문이 퍼진다. 폭격 이야기까지도 들린다. 과연 은은한 폭음이 들려온다. 소문은 아마 틀림없을 것이다.

그러나 군중은 그것을 무서워하지 않는다. 오히려 약간 생기가 도는 것같이 느껴진다. 그들에게는 이 구체적인 위험이, 파괴 속에 파묻혀 들어가는 것보다 오히려 건전하게 생각되는 것이다.

아아, 이 다음에 역사가들이 꾸며 놓은 약도는 어떤 것일까! 이 보리죽과 같은 사태에 뜻을 붙여 주기 위해서 그들은 어떤 핵심을 생각해 낼 것인가! 그들은 어떤 장관의 말을, 어떤 장군의 결정을, 어떤 위원회의 토론을 찾아내어, 그 유령들의 못난이 놀음을 가지고 책임과 원려(遠慮)가 깃든 역사적 회담을 만들어 놓을 것이다. 그들은 승낙과 반항과 코르네이유 식 변론과 배반 따위를 생각해 낼 것이다. 그렇지만 나는 철수한 어떤 부(部)의 모습을 잘 안다. 나는 우연히 여러 부 중의 한 곳을 가 보게 되었다. 정부가 일단 이사하고 나면 정부가 성립되지 못한다는 것을 나는 이내 깨닫는다. 그것은 육체와 같다. 육체를—위는 거기, 간은 여기, 창자는 거지, 하는 식으로—옮겨 놓기 시작하면 이 집합체는 이미 하나의 육체를 구성하지 못한다. 나는 항공부에서 20분 동안을 지냈다. 그런데 장관의 작용이 수위에게 미치는 것이다. 그것은 기적적인 작용이었다. 초인종 줄이 아직도 장관과 수

위를 연결시켜 주었으니까 말이다. 조금도 상하지 않은 초인종 줄. 장관이 단추를 누르니 수위가 온다.

이것은 대성공이다.

"내 차를 불러 주게."

장관이 명령한다.

그의 권한은 여기서 그친다. 그 수위에게 체조를 시키는 것이다. 그러나 수위는 이 세상에 장관의 자동차라는 것이 있는지 어떤지를 모른다. 수위와 어떤 자동차 운전사와를 연결시켜 주는 초인종 줄은 한 가닥도 없다. 운전사는 이 우주의 어딘가로 사라져 버렸다.

다스리는 사람들이 전쟁에 대해서 무엇을 알 수 있겠는가! 이제부터는 연락하기가 너무 어려워 우리가 발견한 적의 기갑 사단에 폭격기 대를 파견하게 하는 데에도 일 주일은 걸릴 것이다. 그러니 창자가 빠져 달아나는 이 나라에서 정부가 무슨 소리를 들을 수 있겠는가? 보도는 하루 20킬로미터 꼴로 퍼져 나갈 뿐이다. 전화는 폭증하거나 파손되어 당장 분해되는 존재를 그대로 전달해 줄 힘이 없다. 정부는 공허 속에, 극지와 같은 공허 속에 잠겨 있다. 이따금씩 화급한 호소가 정부에 이르기도 한다. 그러나 그것은 추상적이고 겨우 석 줄로 요약된 것이다. 천만 명의 프랑스 사람이 벌써 굶어 죽지나 않았는지 책임 있는 정부의 사람들이 어떻게 알 수 있겠는가? 그런데 천만 명의 그 호소가 겨우 한 구절 속에 포함되어 있는 것이다.

'4시경에 아무개 집에서 만납시다' 하는 것이나, '천만 명의 사람이 죽었단다' 하는 것이나, '볼로아 시가 타고 있다' 하는 것이나, '각하의 운전사를 찾아냈습니다' 하는 것에 모든 구절이 소용된다.

이 모든 것을 아무 차이 없이 단숨에 말할 수 있는 것이다. 천만 명, 자동차, 동부 전선군, 서구 문명, 운전사를 찾아냈다, 영국, 빵, 몇 시입니까 등등.

그대에게 일곱 글자를 주마. 그것은 성경에 있는 글자 일곱이다. 이것을 가지고 성서를 다시 만들어 보라.

역사가들은 현실을 잊을 것이다. 그들은 신비로운 끈으로 표현할 수 있는 세계와 연결되어 있고, 전체를 똑똑히 내다볼 수 있고, 데카르트 식 논리의 네 가지 법칙에 따라 중대한 결의를 저울질하는 사고력 있는 존재들을 생각해 낼 것이다. 그들은 선의 힘과 악의 권력을 구별할 것이다. 영웅과 반역자들을. 그러나 나는 간단한 질문 한 마디를 하려고 한다.

'반역자가 되려면 어떤 일에 대한 책임을 저야 하고, 무슨 일을 맡아보아야 하고, 무슨 일에 행동이 미쳐야 하고, 무엇을 알아야 한다. 그것은 지금과 현실에서는 천재의 증거가 되는 것이다. 그러면 어째서 반역자들에게는 훈장을 주지 않는가?' 라고.

벌써 이르는 곳마다 평화가 조금씩 나타났다. 그것은 역사와의 새로운 과정처럼 조약으로 명백히 끝맺는, 전쟁에 뒤따르는 뚜렷한 평화의 일종은 아니고 모든 것이 종말하는, 이름할 수 없는 한 시기를 말하는 것이다. 언제까지고 끝이 없는 하나의 끝, 모든 비약이 조금씩 빠져 들어가는 수렁을 말하는 것이다. 좋든 궂든 무슨 결말이 가까이 온다는 느낌은 없다. 오히려 그와 반대이다. 사람들은 영원과 비슷한 임시적인 것의 부패 속으로 빠져 들어간다. 아무것도 결말나지 않을 것이다. 왜냐하면 물에 빠진 여자를 구해 낼 적에 주먹에 머리채를 감아 가지고 낚아채듯이, 나라를 붙잡을 매듭이 없어졌기 때문이다. 모두가 무너졌다. 그래서 아무리 열의 있는 노력을 쏟을지라도 머리털 한 움큼밖에는 건지지 못하는 것이다. 다가오는 평화는 사람이 결정한 데에서 오는 결과는 아니다. 그것은 나병처럼 언저리로 퍼져 나간다.

저 밑에서 대상의 행렬은 거리의 혼잡이 되고, 독일 전차들이 죽이거나 물을 주거나 하는 저 도로 위에는 땅과 물이 한데 섞인 진 구렁과 같은 곳이 있다. 벌써 전쟁과 한데 어울리기 시작한 평화가 전쟁을 썩게 한다.

내 친구 중의 한 사람, 레옹 베르트는 길에서 굉장한 말을 들었는데, 그는 어떤 작품에서 그 이야기를 할 것이다. 도로 왼편에는 독일군, 오른편에는 프랑스 군이 있다. 양군 사이에는 피난민의 느린 행렬이 소용돌이치고, 수백 명의 부녀자와 어린아이 들이 불길에 휩싸인 그들의 자동차 사이에서 구사일생으로 빠져나온다. 그런데 어쩔 수 없이 이 혼잡 속에 끼여들고 만 어떤 중위가 75밀리 포 1문을 방어 진지에 대 놓으려고 하고, 적군은 그 포를 목표로 쏘아 대고—적은 대포를 맞히지 못하지만 도로는 휩쓰는지라—어머니들은 기껏해야 20분도 견디지 못할 진지—거기에는 사병이 12명뿐이다—를 구해 보려고 무의미한 의무를 고집하며 땀을 뻘뻘 흘리는 그 중위 앞으로 가서 부르짖는다.

"저리 가요, 저리 가! 당신들은 비겁한 사나이들이에요!"

중위와 병사들은 물러간다. 그들은 어디를 가나 이런 평화 문제와 부딪친다. 당연히 어린아이들은 길에서 학살당하지 말아야 한다. 그런데 사격하는 사병이면 으레 어린아이의 등에 대고 쏘게 된다. 앞으로 나가는 트럭이나, 나가려고 하는 트럭은 으레 군중의 살길을 막을 위험이 있다. 왜냐하면 군중의 흐름을 거슬러 올라가면 무정하게도 도로 전체를 막아 버리기 때문이다.
"당신들 정신이 나갔군요. 우리를 지나가게 해주세요. 애들이 죽어요!"
"우리는 전쟁을 하는걸요."
"무슨 전쟁을? 어디서 전쟁을 한다는 거예요. 그쪽으로 가다가는 사흘이 걸려도 6킬로밖에는 가지 못해요!"
그들은 트럭을 타고 가는 갈 길을 잃은 몇몇 사병으로, 어떤 지시된 장소를 향해 가는 길이지만, 이미 그들의 길은 여러 시간 전부터 뜻 없는 것이 되기 십상이었다. 그런데도 그들은 간단한 의무에서 헤어나지 못하는 것이다.
"우리는 전쟁을 하거든요."
"우리를 트럭에 태워 주는 편이 나을 겁니다. 너무 무정해요!"
한 어린아이가 악을 쓰며 운다.
"또 저 아이도."
그 아이는 이제 울지도 않는다. 젖이 없으니 울음소리도 없는 것이다.
"우리는 전쟁을 하는걸요."
그들은 몹시도 멍청하게 똑같은 말을 되풀이한다.
"하지만 당신들은 전쟁이라고는 구경도 하지 못하게 돼요. 여기서 우리하고 함께 뻗어 버리고 말아요!"
"우리는 전쟁을 한답니다."

그들은 자기들이 무슨 말을 하는지도 잘 모르게 되었다. 그들은 자기들이 전쟁을 하는지도 모르게 되었다. 그들은 적을 본 일이 없다. 그들은 트럭을 타고 신기루보다도 더 손에 잡히지 않는 목적지를 향해 쫓아간다.

그들은 부식조(腐蝕槽) 같은 이 평화밖에는 만나지 못한다.

혼잡으로 인해 모든 통행이 불가능해지자 그들은 트럭에서 내린다. 사람들이 그들을 빙 둘러싼다.

"물 좀 있으세요?"

그들은 물을 나누어준다.

"빵은요?"

그들은 빵도 나누어준다.

"저 여인을 죽게 내버려두실 거예요?"

도랑으로 옮겨진 고장난 그 자동차 안에는 어떤 여인이 숨을 몰아쉬고 있다.

사람들이 그 여인을 꺼내 올린다. 트럭에 태운다.

"그리고 저 어린아이는요?"

어린아이도 트럭에 태운다.

"그리고 해산하려는 저 여인은요?"

그 여자도 트럭에 태운다.

그리고 또 다른 여인도 태운다. 울고 있으니까.

1시간 동안 애를 쓰고 나서 사람들은 트럭이 갈 수 있도록 길을 터 놓았다. 그리고 트럭을 남쪽으로 돌려놓았다. 트럭도 표류물 모양으로 피난민들의 흐름에 휩쓸려 그들을 따라갈 참이다. 사병들이 평화 쪽으로 개종했다. 그들은 전쟁을 만나지 못했기 때문이다.
 전쟁의 조짐이 눈에 띄지 않았기 때문이다. 그들이 쏘는 총알은 어린아이가 받았기 때문이다. 전쟁할 곳으로 가는 도중에 해산하는 여인과 마주쳤기 때문이다. 무슨 정보를 전달한다거나 명령을 받는다거나 하는 것은 시리우스 성좌와 토론하는 것만큼이나 쓸데없는 일이었기 때문이다. 이미 군대라는 것은 없다. 있는 것은 오직 사병들뿐이다.
 사병들은 평화로 개종했다. 그들은 환경의 추세를 따라 기계공으로, 의사로, 양치기로, 들것 인부로 변한 것이다. 그들은 파괴를 고칠 줄 모르는 그 비천한 사람들의 자동차를 고쳐 준다. 그런데 사병들은 이렇게 애를 쓰면서도 자기들이 영웅인지 또는 군법회의 감인지를 잘 알지 못한다. 그들은 훈장을 받는다 해도 이상히 여기지 않을 것이다. 담 앞에 늘어서서 머리통에 총탄을 12발 받는다 해도 놀라지 않고, 제대한다 해도 놀라지 않을 것이다. 무슨 일을 당하더라고 그들은 놀라지 않을 것이다.
 그들은 놀라움의 경계를 넘어선 지가 이미 오래이다. 그 안에는 어떤 명령도, 어떤 행동도, 어떤 정보도, 어떤 종류의 전파도. 3킬로미터 이상은 도저히 퍼져 나갈 수가 없을, 끝없는 보리죽이 있다. 그리고 촌락들이 차례차례로 공동 하수구로 쏟아져 들어가듯, 군용 트럭들도 하나하나 평화에 휩쓸려 들어가 평화로 개종한다. 서슴지 않고 죽음을 받아들였을 이 한줌만큼의 사병들은―그들에게 죽을 기회가 주어지지 않은만큼―그들이 만나는 의무를 받아들여, 수녀 세 사람이 어디론가 순례하도록, 어느 동화 세계 같은 피난처로 가려는 반쯤 죽어 가는 어린아이 12명을 빽빽이 실은, 낡은 이륜 포장마차의 채를 고쳐 준다.

　권총을 도로 포켓에 집어넣을 때 알리아스가 한 것처럼 나도 전쟁을 포기하는 군인들을 비난하지 않으련다. 그들에게 활기를 부어 줄 입김이 무엇이겠는가? 그들에게 전달될 수 있는 전파는 어디에서 오는가? 그들을 합심하게 할 만한 얼굴이 어디에 있는가 말이다. 그들이 바깥 세상에 대해서 안다는 것은, 그저 3, 4킬로미터 저쪽 길에서 우스꽝스러운 가설로 싹터 이 보리죽 속으로 서서히 퍼져 오는 동안, 어느새 확언의 성격을 띠게 된 한결같이 엉터리 같은 뜬소문뿐이다. 미국이 참전했다, 교황이 자살했다, 러시아 비행기가 베를린을 불태웠다, 사흘 전에 휴전 조약이 조인되었다, 히틀러가 영국에 상륙했다 따위.

　부녀들이나 아이들을 위한 목자가 없듯이 사병들에게도 역시 목자가 없다. 장군은 부관에게까지는 손이 미친다. 혹은 또 웅변을 토해 수위의 안색을 변하게 할 수 있을지도 모른다. 알리아스는 부하 탑승원들에게 손이 미친다. 그리고 그들에게서 생명의 희생을 끌어낼 수도 있다. 군용 트럭의 중사는 그가 거느린 사병 12명에게는 손이 미친다. 그러나 다른 아무것에도 자기를 연결시키지 못한다. 기적적으로 전반적인 정세를 한눈으로 내다볼 수 있는 천재적인 지도자가 우리를 구할 수 있는 방안을 세웠다고 하더라도 이 지도자는 자기의 생각을 알리는 20미터 정도의 초인종 줄밖에는 쓰지 못할 것이다. 그리고 승리하기 위한 총병력으로는 수위 한 사람을 쓸 수 있을 뿐이다. 그것도 초인종 줄 저 끝에 수위가 아직 남아 있는 경우에 한해 말이다.

　분해된 부대의 일원인 뿔뿔이 헤어진 이 군인들, 이제는 전쟁

실업자들에 지나지 않는 이 사람들은 패전한 애국자들이 보여 준다는 그 절망을 나타내지 않는다. 그들이 어렴풋이 평화를 바라고 있다는 것은 틀림없는 말이다. 그러나 평화라는 것은 그들이 볼 적에는 이 형언할 수 없는 무질서의 끝과, 비록 가장 비천한 것이라 할지라도 어떤 신분을 도로 찾는 것 이외의 아무것도 아니다. 전에 구두장이였던 아무개는 못을 박던 일을 생각한다. 못을 박는 것으로써 그는 세상을 만들어 냈던 것이다.

지금 그들이 한눈도 팔지 않고 곧장 앞으로 가는 것은 그들을 서로 분리시켜 놓는 전반적인 불일치의 결과이지 죽음을 두려워해서가 아니다. 그들은 아무것도 무서워하지 않는다. 그들은 허탈 상태에 빠진 것이다.

17

 기본적인 법칙이 하나 있다. 그것은 패배자를 당장에 승리자가 되게 할 수는 없다는 것이다. 어떤 군대가 처음에는 후퇴하다가 나중에는 저항했다면 그것은 하나의 생략법이 지나지 않는다. 왜냐하면 후퇴한 부내와 지금 전투하고 있는 부대는 같은 부대가 아닌 것이다. 후퇴라는 것은 사병들을 서로 연결시켜 주던 물질적 정신적 모든 유대를 끊어 놓기 때문이다. 그러므로 후방으로 스며들게 내버려두는 이 사병들의 덩어리 대신에 조직체로서의 성격을 띤 새로운 예비군을 내세우는 것이다. 적을 막는 것은 이 새로운 예비군이다. 낙오병들로 말하자면 그들은 자시 주워 모아 군대의 형태로 반죽하는 것이다. 만일 전투에 투입시킬 예비군이 없으면 최초의 퇴각은 치명적인 것이다.
 승리만이 결속을 이룬다. 패배는 사병을 다른 사병들과 분리시킬 뿐 아니라, 그 자신과도 분리시켜 놓는다. 낙오병들이, 무너지

는 프랑스를 보고 울지 않는 것은 그들이 패배했기 때문이다. 프랑스가 그들 주위에서 무너진 것이 아니라 그들 자신 속에서 무너진 까닭이다. 프랑스를 위해서 운다는 것은 벌써 승리자가 된다는 것이리라.

아직도 저항하고 있는 자들에게나 마찬가지로 이미 포기한 자들에게는 나중에 침묵의 때가 와야만 패전한 프랑스의 모습이 보일 것이다. 지금 그들은 각자가 버티거나 망가지는 하찮은 개인 사정과, 고장난 트럭과 혼잡을 이룬 도로와 꼼짝하지 않는 가스 손잡이와 어처구니없는 임무와 싸우느라고 기진맥진한다. 붕괴의 조짐은 주어진 임무가 이치에 닿지 않는 것에 있고 붕괴를 막으려는 행동이 이치에 닿지 않는 것에 있다. 왜냐하면 모든 것이 그 자체를 거슬러 분열하기 때문이다. 사람은 전반적인 재난을 슬퍼하지 않고, 오직 자기가 책임을 맡은 물건, 오직 그것이, 손으로 만질 수 있는 그것이 파손되기 때문에 우는 것이다. 무너지는 프랑스는 이미 하나도 그 모습을 드러내지 않는 파편의 대홍수에 지나지 않는 것이어서, 이 임무도, 이 트럭도, 이 도로도, 이 망할 놈의 가스 손잡이도 그 모습을 보여 주지 않는다.

물론 패전은 스산한 광경임에 틀림없다. 야비한 사람들은 패전 중에 야비한 모습을 보여 주고, 약탈자들은 약탈자로서의 모습을 보여 준다. 제도는 문란해진다. 군대들은 싫증과 피로가 골수까지 사무쳐 부조리 속에서 분해된다. 이런 결과는 흑사병에 가래톳이 따라오듯 패전에 따라오게 마련이다. 그러므로 그대가 사랑하던 여자가 트럭에 치였을 때 그대는 그 여자의 추한 모습을 비난할 수 있겠는가?

패전이 희생자들에게 덮어씌우는 죄 있는 듯한 외양이야말로 패전의 불공평이라고 할 것이다. 전투의 운명을 맡아보는 신조차 고려하지 않는, 임무 수행중의 희생과 고행을, 그 극기와 경계를 어떻게 패전이 증명할 것인가? 패전이 어떻게 사랑을 증명할 수 있겠는가? 패전은 무력한 지도자들, 우글거리는 사병들, 피동적인 군중을 보여 줄 뿐이다. 진정한 무관심은 흔히 볼 수 있다. 그러나 이 무관심조차도 무슨 뜻이 있는가 말이다. 군인들의 모습을 돌변하게 하는 데는, 러시아 군이 반격했다든지 미국이 간섭했다든지 하는 소식만으로도 넉넉했다. 그들을 공통된 희망 속에 결속시키기에는 이것만으로도 족했다. 이런 소문이 떠돌 때마다 바닷바람이 한 번 몰아친 듯 모든 것이 맑고 새로워졌다.

치여 죽은 추한 모습으로 프랑스를 판단할 것이 아니라, 희생을 받아들인 것으로 판단해야 한다. 프랑스는 이론가들의 진리를 무시하고 전쟁을 하기도 했다. 이론가들의 말은 이러했다.

"독일인은 8천만 명이다. 우리는 도저히 금년 안으로 모자라는 4천만 명의 프랑스 사람을 만들 수는 없다. 우리는 우리나라의 밀밭을 석탄 나는 땅으로 변하게 할 수가 없다. 미국의 원조는 바랄 수가 없다. '단치히'를 요구하므로 독일이 우리에게 '단치히'를 구원한다는 그 불가능한 의무를 부여하는 것이 아니라, 치욕을 면하기 위해 자살할 의무를 준다니, 그것은 말이 안 된다. 기계보다 밀을 더 만드는 땅을 가지고 있는 것이 무엇이 부끄러우며, 2 대 1의 요구를 가지는 것이 무슨 수치란 말인가? 치욕이 어째서 전 세계에 미치지 않고 우리에게만 미친단 말인가?"

그들의 말은 처음부터 끝까지 옳았다. 전쟁이란 우리에게는 참

패를 의미했다. 그러나 참패를 피하기 위해 프랑스는 전쟁을 거부했을까? 나는 그렇게 생각하지 않는다. 이런 경고를 받고도 프랑스가 이 전쟁을 마다하지 않은 것을 보면, 프랑스도 본능적으로 나와 같은 판단을 내린 것이 분명하다. 우리나라에서는 정신이 지성을 능가했다.

인생은 언제나 공식을 무찌른다. 패전이 아무리 추악하더라도 갱생에서의 유일한 길이 될 수도 있다. 나무를 하나 창조하기 위해서는 한 알의 씨앗을 썩게 해야 한다는 것을 나는 잘 안다.

저항이란 그것이 너무 늦게 일어나는 경우에는 반드시 실패로 돌아가는 것이다. 그러나 그것은 또 다른 저항을 일깨우는 것이 된다. 한 알의 씨앗에서처럼 이 일깨움이 나무 한 그루를 솟아나게 할지도 모른다.

프랑스는 그 구실을 다했다. 세계가 협력도 전투도 하지 않고 심판만 하고 있는 이상, 프랑스로서는 자신의 희생을 무릅쓰고 나서 얼마 동안 침묵 속에 파묻히는 것이 그가 할 구실이었다. 돌격할 적에는 필연적으로 선두에서는 사병들이 있을 것이다. 이 사병들은 대개는 전사한다. 그러나 돌격하려면 선두에 선 사병들이 죽는 것은 어쩔 수 없다.

우리가 뻔히 알면서도 적병 세 명에 대해서 사병 1명을, 적공들과 우리 농사꾼들을 대항시키기로 하고 나선 것을 보면 이 구실이야말로 가장 뛰어난 구실이었음이 분명하다.

나는 패배의 추태를 가지고 판단 받기를 거부한다. 어떻게 비행중에 타 죽는 것을 달게 여기는 사람을, 화상으로 인한 물집을 갖고 판단할 수 있느냐 말이다. 그 역시 추해지겠지만 말이다.

18

그것이야 어찌 되었든 이 전쟁은, 우리가 그것을 하지 않을 수 없게 만든 정신적 의의를 제외하면 실행면에서 아주 괴상망측한 전쟁처럼 생각되었다. 나는 이 말을 부끄럽게 생각한 적이 없다. 선전포고를 하자마자 우리는 적을 공격할 태세를 갖추지 못한 탓으로 적이 우리를 섬멸시켜 주기를 기다리기 시작했다.

그것은 실현되었다.

우리는 전차를 이기기 위해서 밀 짚단을 늘어 세웠다. 밀 짚단은 아무 소용에 닿지 않았다. 그리고 이제는 섬멸이 이루어졌다. 이제는 군대도, 예비군도, 연락도, 자재도 없어졌다.

그런데도 나는 침착하고 성실하게 비행을 계속하고 있다. 나는 시속 800킬로미터와 매분 3천 530회전으로 독일군을 향해 급강하를 한다. 왜? 독일군을 위협하기 위해! 독일군이 우리 국토에서 물러가게 하기 위해! 우리에게서 요구되는 정보가 무익해진 이상 이 임무는 다른 목적이 있을 수가 없다.

괴상망측한 전쟁.

하긴 내 말이 지나쳤다. 나는 상당히 고도를 잃었다. 얼어붙었던 조종 장치와 가스 손잡이들이 녹았다. 나는 수평 비행으로 평상 속도로 돌아왔다. 독일 군을 향해서 나는 시속 530킬로미터, 매 2천 200 회전으로 내리는 중이다. 분하다. 적에게는 내가 훨씬 덜 무서워 보일 것이다. 사람들은 우리가 이 전쟁을 '괴상망측한 전쟁'이라고 부르는 것을 비난할 것이다.

이 전쟁을 '괴상망측한 전쟁'이라고 부르는 것은 바로 우리 자신이다. 그러니 그것을 괴상망측하다고 생각하는 편이 낫지 않겠는가? 모른 희생을 우리가 도맡아 하고 있으니, 우리는 하고 싶은 대로 이 전쟁을 하자고 농담할 권리가 있다. 농담으로 내가 기쁨을 누릴 수 있다면 나는 내 죽음을 가지고 농담할 권리가 있다. 뒤테르트르도 마찬가지이다. 나는 역리의 맛을 즐길 권리가 있다. 어째서 이 촌락들은 왜 지금도 타고 있느냔 말이다. 어째서 백성들이 뒤죽박죽이 되어 보도 위에 팽개쳐졌느냔 말이다. 우리는 왜 요지부동하는 확신을 가지고 자동 도살장을 향해 내리 박히느냔 말이다.

나는 모든 권리를 가지고 있다. 왜냐하면 이 순간에 있어서 나는 내가 무엇을 하는지 잘 알고 있기 때문이다. 나는 죽음을 달게 받아들인다. 내가 받아 안은 것은 위험이 아니다. 내가 받아 안고 들어가는 것은 전투가 아니다. 그것은 죽음이다. 나는 크나큰 진리를 발견했다. 전쟁이란 위험을 안고 들어가는 것이 아니라, 전쟁이란 때에 따라서는 전투원의 죽음을 무조건 안고 들어가는 것이다.

  요즘 외국의 여론이 우리의 희생을 부족하다고 비평했을 때 나는 탑승원들이 출동해서 섬멸하는 것을 보고 이렇게 자문했다. '우리는 무엇 때문에 우리를 마치는 것인가? 누가 아직도 우리에게 값을 치러 준단 말인가?' 라고.

  왜냐하면 우리는 죽기 때문이다. 보름 전부터 벌써 15만 명의 프랑스 사람들이 죽었기 때문이다. 이 죽음들이 비상한 저항의 증명이 되지 않을 수도 있다. 나는 조금도 비상한 저항을 찬양하지 않는다. 비상한 저항은 불가능한 것이다. 그러나 방어할 길 없는 농가에서, 즐겨 학살을 당하는 보병의 무리들이 있다. 불 속에 던져진 초 모양으로 녹아 버리는 비행대들이 있다.

  가령 우리 2의 33 비행대원들만 하더라도 어째서 아직 죽음을 감수하는 것인가? 세상이 알아주기를 바라서인가? 그러나 알아 준다는 것은 심판이 있고서야 될 수 있는 것이다. 그런데 우리 중의 누가 어느 누구에게 심판할 권리를 주느냐 말이다. 우리는 우리가 인류의 공통된 대의(大義)라고 생각하는 그 대의를 내세우고 싸우는 것이다. 프랑스의 자유뿐 아니라 전 세계의 자유가 위기에 서 있는 것이니, 우리에게는 심판의 자리가 지나치게 편하다고 생각되는 것이다. 심판을 심판하는 것은 우리다. 우리의 비행대원들이 심판을 심판한다. 살아 돌아올 확률이 3분의 1인데— 그것도 임무가 쉬운 경우에—아무 말 없이 떠오르는 우리를 보고—또 다른 비행 대원들을 보고도—또 파편으로 얼굴이 부서져 평생 어떤 여인의 마음에 감격을 일으킬 것을 단념하고 감옥의 벽 뒤쪽에서 빼앗기듯이 기본적인 권리를 빼앗긴 채 자기의 추악한 그늘 밑에, 자기의 덕 안에, 자기의 추악한 성벽 뒤에 차분히 자리잡고 있는 저 친구를 보고도 구경꾼들을 위해서 산다. 그러나 우리는 투우사가 아니다. 누가 오슈테 보고, '증인들이 지켜보고 있으니까 자네는 출격해야 하네'라고 말하면 오슈테는 이렇게 대답할 것이다. '틀렸어. 이 오슈테가 증인들을 지켜보고 있는 거야'라고.

결국 우리는 무엇 때문에 싸우느냔 말이다. 민주주의를 위해서인가? 우리가 민주주의를 위해서 죽는다면 우리는 민주주의 국가들의 연대 책임자이다. 그러면 저들은 우리하고 같이 싸워야 할 것이다. 그러나 가장 강력한 민주주의 국가, 우리를 구원할 수 있을 유일한 나라가 어제도 우리를 거부했고 오늘도 여전히 거부하고 있다. 좋다. 그것은 그 나라의 권리이다. 그러나 이렇게 함으로써 그 나라는 우리가 다만 우리의 이익을 위해서만 싸우고 있다는 것을 인정해 주는 것이 된다. 그런데 우리를 이제 아무 희망도 없다는 것을 잘 알고 있다. 그렇다면 우리는 어째서 아직도 죽어 가는 것인가?

절망으로 그렇게 하는 것인가? 하지만 절망이란 그림자조차 없다. 패전에서 절망을 발견할 생각을 한다면 그대는 패전이 무엇인지를 조금도 알지 못하는 것이 된다.

지력(智力)이 말해 주는 것보다 더 높은 진리가 하나 있다. 그 어떤 것이 우리를 꿰뚫고 지나가서 우리를 지배하는데, 나는 그것이 무엇인지를 알아내지 못한 채 당하고만 있다. 나무는 말이 없다. 우리도 나무와 같다. 비록 표현할 수 없지만 자명한 진리들이 있다. 나는 침략에 저항하기 위해 죽지 않는다. 왜냐하면 내가 사랑하는 자들과 더불어 숨어 있을 대피소가 없는 까닭이다. 나는 위기에 봉착해 있다고 믿기를 거절하는 명예를 지키기 위해 죽지 않는다. 나는 심판들을 거부하니까 말이다. 나는 또 절망으로 죽지도 않는다.

그런데 지도를 들여다보고 있던 뒤테르트르가, 아라스가 저기 175도 되는 쪽에 있음을 계산하고 나서 30초가 다 가기 전에,

"대위님, 기수를 175도 방향으로."

말하리라고 느껴진다.

그러면 나는 그대로 할 것이다.

19

"방위 172도."

"알았어. 172도."

172도로 하자. 묘비에는 이렇게 쓰여지리라. '정확하게 나침반 상의 방위 172도를 유지했도다' 라고. 이 야릇한 도전이 얼마 동안이나 지속될 것인가? 나는 고도 750미터로 육중하게 덮인 구름 밑을 비행한다. 내가 30미터만 고도를 높이면 뒤테르트르는 이내 아무것도 보지 못할 것이다. 우리는 남의 눈에 잘 뜨이는 데에 남아 있어, 이렇게 독일의 사격에 초등 학생이라도 맞힐 수 있는 과녁을 제동해야 한다. 700미터는 금지 고도이다. 온 들판에 대해서 조준점 노릇을 하는 것이고 적군의 사격을 한 몸에 끌어 들이는 것이기 때문이다. 모든 구경(口徑)의 밥이 되고 각 화포의 사정(射程) 안에 끝없이 머물러 있게 된다. 그것은 이미 사격이 아니고 몽둥이질이다. 그것은 마치 몽둥이 천 개로 호도 한 알을 따 보라고 하는 것이나 마찬가지이다.

나는 이 문제를 익히 연구했다. 낙하산은 문제가 안 된다. 손상된 비행기가 땅을 향해 내리 박힐 적에는 기창(機窓)을 여는 데에도 추락하는 시간보다 더 오랜 시간이 걸릴 것이다. 그것을 열려면 빽빽한 손잡이를 일곱 바퀴를 틀어야 한다. 거기다가 전속력을 낼 적에는 기창이 뒤틀려서 잘 잡아당겨지지도 않는다.

어쩔 수 없다. 이 약은 언제 한 번은 삼켜야 할 것이었다. 의식(儀式)은 복잡하지 않다. 나침반 상에 방위 172도만 유지하면 되는 것이다. 내가 나이를 먹은 것이 잘못이었다. 그렇다. 어릴 적에 나는 몹시도 행복했다. 내가 이렇게 말은 하지만, 그것이 사실인가? 나는 그때 벌써 내 현관으로 나침반 상의 방위 172도로 걸어갔다. 그 아저씨들 때문에.

지금에 와서야 어린 시절이 즐겁게 생각되는 것이다. 어린 시절뿐만 아니라 지나온 온 생애가 그렇다. 나는 그것을 전원 풍경처럼 원근 투시 속에 보는 것이다.

그리고 나는 변하지 않은 것 같은 느낌이 든다. 내가 지금 느끼는 것은 지금까지 늘 경험한 바이다. 내 기쁨이나 슬픔이 대상이 달라진 것은 틀림없지만, 감정은 그대로 남아 있다. 이와 같이 나는 행복하거나 불행하거나 했다. 나는 벌을 받거나 용서를 받거나 했다. 나는 공부를 잘하기도 하고 잘 하지 않기도 했다. 그것은 그날그날에 따라 달랐다. 내 가장 오랜 추억은? 내게는 폴라라는, 티롤 지방에서 온 가정 교사가 있었다. 그러나 그것은 추억이라 할 만한 것도 되지 못한다. 추억의 추억이니까. 폴라는 내가 여섯 살 때 그 현관에 있을 적에 이미 하나의 전설에 지나지 않았다. 정월이 되면 여러 해를 두고, 어머니가 우리에게 이런 말을 해주었다. '폴라한테서 편지가 왔구나!' 라고. 그것은 우리에게는 큰 기쁨이었다. 그렇지만 우리는 왜 행복한가? 우리는 아무도 폴라를 기억하지 못했다. 그 여자는 고향 티롤로 돌아갔다. 즉 티롤에 있는 자기 집으로 돌아갔다. 눈 속에 파묻힌 촌가로. 그래서 폴라는 해가 잘 비치는 날에는, 촌가에서는 어디서나 그렇듯이 문에 그 모습을 나타냈다.

"폴라는 예뻐요?"

"참 예쁘단다."

"티롤은 날씨 좋은 날이 많아요?"

"늘 날씨가 좋단다."

티롤은 언제나 날씨가 좋았다. 촌가는 폴라를 밖으로, 평평하게 깔린 저 멀리로 내보냈다. 내가 글씨를 쓸 수 있게 되자 집에서는 날더러 폴라에게 편지를 써 보내라고 했다. 나는 이런 말을 썼다. '그리운 폴라, 나는 폴라에게 편지를 쓰는 것이 기쁩니다' 라고. 내가 그 여자를 알지도 못했던만큼 그것은 일종의 기도와 같은 것이었다.

"174도."

"알았소. 174도."

174도로 하자. 비문을 고쳐 써야 하겠다. 이렇게 별안간 일생이 압축되는 것은 참 이상하다. 나는 추억들을 정돈해 버렸다. 이제는 그것들이 영영 아무 소용에도 닿지 않을 것이다. 나는 크나큰 애정의 추억을 가지고 있다. 어머니는 우리에게 이런 말씀을 하셨다.

"폴라가 제 내신 너희들 모두에게 키스해 주라는구나."
그러면서 어머니는 폴라 대신으로 우리에게 키스해 주셨다.
"폴라는 내가 큰 것을 알까?"
"암, 알고 말고."
폴라는 무엇이든지 알고 있었다.
"대위님, 적이 사격합니다."
폴라, 적이 나를 겨냥하고 쏜다는구려! 나는 고도계를 힐끗 본다. 600미터, 구름은 700미터에 있고. 좋아, 어쩔 수 없다. 그러나 저 구름 밑의 세상은 내가 생각했던 것처럼 거무튀튀하지 않고 파랗다. 기막히게 파랗다. 황혼이 깃든 때인데 평야가 파랗다. 곳곳에 비가 내린다. 비에 젖은 초록……
"168도."
"알았소. 168도."
168도로 하자. 영원으로 가는 길이 구불거릴 수도 있다. 그러나 이 길은 또 왜 이다지도 조용하단 말인가! 세상은 과수원과 비슷하다. 아까는 무슨 도본처럼 무미건조하게 보였다. 모두가 내 눈에는 비인간적으로 비쳤다. 그러나 지금 나는 친밀한 속을 얕게 날아가고 있다. 한 그루씩 따로 서 있는 나무도 있고, 몇 그루씩 무더기로 서 있는 나무도 있다. 그 나무들을 만난다. 푸른 밭들도 만난다. 문 앞에 누군가 서 있는 붉은 기와집도. 이 모든 것을 둘러싼 시원한 푸른 소나무도 만난다. 이런 날씨에는 폴라가 우리를 얼른 안으로 데리고 들어갔을 테지…….
"175도."
내 비문은 그 간소미를 많이 잃었다. '방위 172도, 174도, 168

도를 유지했도다.' 나는 아마도 변덕쟁이같이 보일 것이다. 어허, 내 엔진이 기침을 한다. 식었구나. 그래서 나는 뚜껑 문을 닫는다. 되었다. 나는 10시간이 되었으므로 보조 탱크의 손잡이를 잡아당긴다. 아무것도 잊어버린 것이 없는가? 나는 유압을 힐끗 들여다본다. 모두 제자리에 있다.

"위험해졌습니다, 대위님."

폴라, 들었소? 위험해졌다오. 그런데도 나는 이 저녁의 푸른빛을 경탄의 눈으로 바라보지 않을 수 없었다. 그 푸른빛은 참으로 놀랍다. 그 빛깔은 몹시도 짙다. 그리고 나란히 서 있는 저 과목들, 자두나무인지도 모르는 과목들, 나는 이 풍경 속으로 들어왔다. 이제 진열창은 끝났다. 나는 담을 넘는 밭도둑이다. 나는 비에 젖은 거여목 풀밭을 성큼성큼 걸어다니며 자두를 훔친다. 폴라, 이건 재미나는 전쟁이오. 이것은 우울하면서 온통 푸른 전쟁이다. 나는 길을 좀 잃었다. 나는 나이를 먹으면서 이 이상한 나라를 찾아냈다. 아니, 나는 무섭지 않다. 약간 쓸쓸할 뿐이다.

"지그재그로 비행하세요, 대위님!"

폴라, 이건 새로운 장난이오. 오른발을 한번 밟고, 왼발을 한번 밟고 해서 사격을 제대로 하지 못하게 하는 거요. 나는 넘어지면 곧잘 혹이 생겼지. 그대는 아마 내가 앓으니까 찜질로 그 혹을 낫게 해주었을 거요. 나는 앓으니까 찜질이 굉장히 필요하게 될 거요. 그렇다 해도 몰라…… 저녁때의 파란빛이란 근사하구나!

나는 기수 쪽에 방향이 각각 다른 세 갈래의 창대를 보았다. 세 줄기의 길다란 대가 곧장 반짝거리며 올라오는 것을. 조명탄이나 소구경 조명 유탄의 예광을. 그것은 황금빛 그대로였다. 저녁 하늘의 푸른 빛깔 속에서 나는 별안간 세 가닥이 된 촛대의 광채가 솟아오르는 것을 보았다.
"대위님, 좌측에서 맹렬히 사격합니다! 사행하세요."
발길질 한 번.
"아, 점점 더합니다."
그럴지도 모른다.
점점 더 심해진다. 그러나 나는 사물의 안쪽에 있다. 나는 내 모든 추억, 내가 이루어 놓은 모든 저축, 나의 모든 애정을 마음대로 할 수 있다. 나는 뿌리처럼 방 속으로 사라지는 내 어린 시절을 마음대로 할 수가 있다. 나는 내 인생을 어떤 추억의 우울증을 토대로 시작했다. 점점 심해진다. 나는 별똥들이 할퀴는 것 같은 이 사격을 눈앞에서 당하면, 이런 느낌을 가지게 되리라고 예상해 보지도 않았던 것을 깨닫는다.
나는 내 마음을 감동시키는 나라에 있다. 지금은 저녁때이다. 왼편에는 뇌운(雷雲) 사이로 널찍한 광선들이 새어나와 네모 반듯한 스테인드 글래스를 만들어 놓는다. 나는 모든 좋은 물건에 가까이 있어서 거의 손이 닿을 것 같다. 자두가 열려 있는 자두나무들이 있다. 땅 냄새를 풍기는 땅이 있다. 촉촉하게 젖은 땅을 밟고 걸으면 얼마나 좋을까! 이것 봐요, 폴라. 나는 지금 마초를 실은 마차 모양으로 좌우로 흔들리며 찬찬히 걸어가고 있소. 그대는 비행기라는 것이 빠른 것으로 생각하지……. 잘 생각해 보면 물론 빠르기야 하지! 그러나 기계라는 걸 잊어버리고 보기만 하면 그저 벌판을 거니는 것밖에는 되지 않아요.
"아라스……."

그렇다, 멀리 저 앞에. 하지만 아라스는 도시가 아니다. 아라스는 밤과 같은 푸른 바탕 위에 붉게 타오르는 심지 외에 아무것도 아니다. 뇌우을 바탕으로 하고. 확실히 앞쪽에는 굉장한 소나기가 마련되고 있다. 황혼 때문에 이렇게 어두컴컴할 수는 없다. 이렇게 어두운 빛이 새어나오려면 산더미 같은 구름이 있어야 할 것이다.

아라스의 불꽃이 커졌다. 그것은 화재의 불꽃이 아니다. 화재는 성한 살을 먹어 들어가는 종기처럼 번져 간다. 그러나 끊임없이 타고 있는 이 붉은 심지는 약간 그을음 나는 등잔의 심지이다. 그것은 잔뜩 마련해 놓은 기름 위에 자리잡아 꺼질 염려가 없는, 팔락거리지 않는 불꽃이다. 내게는 그것이 거의 육중하기조차 한 빡빡한 살덩이로 되어 있어 나무를 휘청거리게 하듯, 가끔 바람이 흔들어 놓는 것같이 느껴진다. 그래…… 그것은 나무이다. 이 나무가 그 얼기설기한 뿌리로 아라스를 둘러쌌다. 그리고 아라스의 알토란 같은 모든 진액, 아라스의 온갖 저축, 아라스의 갖은 보화가 수액이 되어 이 나무를 먹여 살리기 위해 올라온다.

너무나 무거운 이 불꽃이 가끔 오른편이나 왼편으로 기울며 더 시커먼 연기를 토하다가는 다시 일어나는 것같이 보인다. 그러나 나는 여전히 시가를 구별할 수가 없다. 전쟁 전체가 이 불빛 속에 요약되어 있다. 뒤테르트르는 점점 심해진다고 말한다. 그는 앞쪽에 있어서 나보다 더 잘 살펴볼 수 있다. 그럼에도 불구하고 나는 처음에는 일종의 관용 같은 것을 이상하게 여긴다. 이 독기 품은 평야는 별을 그다지 던지지 않는다.

그렇기는 하지만…….

이것 봐요, 폴라. 어린 시절에 듣던 동화 속에는 기사가 무서운 시련을 거쳐 신비롭고 즐거운 성을 향해 나아갔지. 기사는 빙하를 타고 올라갔지. 그는 절벽을 넘고 배반을 미리 알아차려 모면하곤 했지. 이윽고 네 굽으로 달리는 말발굽 앞에서, 잔디밭같이 보드라운 느낌을 주는 푸른 들판 한가운데 있는 성이 나타났지. 그는 벌써 자기가 승리자가 된 것처럼 생각했지……. 아아! 폴라, 옛날 이야기의 오래된 경험은 속이지 못하는 것이야. 언제든지 그때가 제일 어려운 때였어!

이와 같이 나도 옛날처럼 푸른 저녁 빛을 받으며 불꽃의 성을 향해 달린다. 그대는 너무 일찍 떠나갔기 때문에 우리의 놀이를 모른다. 그대는 아클랭 기사 놀이를 보지 못했다. 그것은 우리가 생각해 낸 놀이였다. 우리는 다른 아이들이 하는 놀이는 우습게 알았으니까. 그것은 천둥 번개가 심한 날, 처음 몇 번의 구름이 금새 터져 나가리라고 느껴지던 때에 하던 놀이였다. 그런 때는 잎이 우거진 나뭇가지들이 한동안 부글부글 끓어오르는 가벼운 물거품으로 변한다. 그것이 신호였다. 아무것도 우리를 붙잡아 놓지 못했다.

우리는 정원 맨 끝에서 집을 향해 잔디밭 가운데를 숨이 턱에 닿도록 달려가는 것이다. 소나기의 첫 빗방울들은 드문드문 굵게 떨어진다. 처음 맞는 아이가 졌다고 자복(自服)한다. 그러고는 둘째 또 셋째 그리고 또 다른 아이들. 이렇게 해서 맨 마지막까지 살아남은 아이는 하늘이 보호하는 불사신이 된다. 그 아이는 다음 뇌우가 있을 때까지 아클랭 기사라고 불릴 권리가 있다. 그것은 매번 몇 초 동안에 아이들의 떼죽음이 생기는 놀이였다.

나는 지금 아직 아클랭 기사 놀이를 하고 있다. 나는 불타는 성을 향해서 숨을 헐떡이며 천천히 달리고 있다.

그러나,

"아! 대위님. 이런 것은 생전 처음 보았습니다."

나도 생전 처음이다. 나는 이미 불사신이 아니다. 아아! 내가 희망을 가지고 있음을 나는 깨닫지 못하고 있었다.

20

700미터라는 고도에도 불구하고 나는 희망을 가지고 있었다. 적의 전차 기지에도 불구하고, 아라스의 불꽃에도 불구하고 나는 희망을 걸고 있었다. 나는 절망적으로 희망하고 있었다. 나는 최상의 비호를 받는다는 마음을 도로 찾기 위해서 나의 어린 시절까지 기억을 더듬어 올라갔던 것이다. 어른들에게는 보호라는 것이 없다. 어른이 되는 날, 사람들은 그대를 혼자 내버려둔다. 그러나 전능한 폴라에게 손이 단단히 잡혀 있는 어린애게야 누가 무슨 짓을 할 수 있겠는가? 폴라, 나는 그대의 그늘을 방패로 쓴 것이다. 나는 모든 술책을 썼다.

뒤테르트르가 '점점 더 심해집니다'라고 말했을 때, 나는 희망을 유지하기 위해서 이 위협까지도 이용했다. 우리는 전쟁을 하는 중이었으므로 전쟁이 모습을 나타내야만 하는 것이다. 전쟁은 겨우 몇 줄기의 예광으로 모습을 나타냈다.

"그래, 이게 고작 그 유명한 아라스 상공의 죽음의 위험이라는 거야? 내 참 우스워서……."

사형수는 사형 집행인을 창백한 로봇처럼 상상하고 있었다. 그런데 나타난 것은 재채기도 하고, 싱긋 웃을 줄도 아는 보통 사람이었다. 사형수는 해방으로 의도하는 무슨 길이기나 한 것처럼 미소에 매달린다. 그러나 그것은 길의 환영에 지나지 않는다. 사형 집행인은 재채기를 하면서도 이 목을 자를 것이다. 그러나 어떻게 이 희망을 버릴 수가 있단 말인가?

모든 것이 친밀하고 시골다워지고, 젖은 슬레이트 지붕이 저다지도 다정하게 빛나고, 그 때마다 아무것도 변하지 않고 변할 것 같지도 않았으니, 난들 어떻게 어느 정도의 환영을 받는다고 속 아넘어가지 않겠는가? 뒤테르트르와 기총수와 나는 비가 별로 오지 않기 때문에, 깃을 추켜세울 필요도 없이 천천히 집으로 돌아오는, 들판의 세 소풍객에 지나지 않게 되었다. 독일군 전선 한가운데에 있는데도 이야깃거리가 될 만한 아무것도 보이지 않고, 좀 더 가면 전쟁이 달라지리라는 절대적인 이유도 도무지 없었다. 적이 넓고 넓은 들판에, 어쩌면 집 한 채에 사병 하나 꼴로, 어쩌면 나무 한 그루에 병정 하나 꼴로 흩어지고 녹아 들어가다시피 되고, 그중의 어떤 군인은 전쟁한다는 것을 생각하고 이따금씩 총을 쏘는 것 같았다. 그 사병은 '비행기를 쏘라……' 라는 명령을 귀가 따갑도록 들었을 것이다. 이 명령은 환상과 한 덩어리가 되었다. 그는 별로 자신을 가지지 못하면서 대포알 세 개를 쏘아 올리는 것이다. 나도 이 모양으로 저녁때 물오리 사냥을 했다. 소풍이 정다운 것일 적에는 물오리 같은 것은 아무래도 좋았다. 나는 다른 이야기를 하면서 총을 쏘았다. 이러고 보니 내가 물오리들을 별로 귀찮게 하지도 않았다.

  사람은 자기가 보고 싶은 것을 분명히 본다. 이 병정은 나를 겨누지만 자신이 없다. 그래서 나를 맞히지 못하고 만다. 또 다른 사병들은 그냥 지나쳐 버린다. 우리의 거리로 낚시를 걸 만한 작자들은 아마 이 순간에 기분 좋게 저녁의 향긋한 냄새를 맡고 있든지, 담뱃불을 붙이든지, 시작한 농담을 끝내든지 하느라고 우리를 놓쳐 버릴지도 모른다. 또 저 동네에 야영하는 다른 사병들은 양재기를 내밀고 수프를 받고 있는 중인지도 모른다. 폭음이 들리기 시작하다가 사라진다. 우군기인가, 적기인가? 그들은 그것을 알아볼 여유가 없다. 그들은 수프가 담겨진 양재기를 살피는 것이다. 그래서 우리를 놓친다. 그래서 나도 손을 포켓에 찌르고 휘파람을 불며, 가장 자연스러운 태도로 소풍객의 출입을 금지하는 이 정원을 건너질러 보려고 한다. 정원지기들은—제각기 다른 정원지기만 믿고서—지나가게 내버려두는 것이다.

  내게는 너무나 격파되기 쉽게 되어 있다. 내 약점까지도 그들에게는 하나의 함정이 된다.

  "뭐 그다지 서두를 것 있소? 조금 더 가면 누구든지 나를 쏘아 떨어뜨릴 텐데……."

  그것은 확실하다.

  "딴 데 가서 목을 매달래라!"

  그들은 수프 차례를 놓치지 않으려고, 혹은 시작한 농담을 중단하지 않으려고, 혹은 또 그저 저녁 바람을 맛보느라고 이 고역을 남에게 미루는 것이다. 나는 이렇게 그들의 소홀함을 악용한다. 나는 모든 사병들이 우연한 일처럼 모두가 동시에 전쟁에 지쳐 버린 이 순간에, 내 무사함을 끄집어내는 셈인데……. 그렇게 하지 말라는 법은 또 어디 있느냐 말이다. 그래서 나는 벌써 사병을 한 사람 한 사람, 이 분대 저 분대를, 이 동네 저 동네를 지나서 내 순회를 마치게 되나 보다고 막연히 기대했다. 결국 우리는 저무는 하늘을 날아가는 비행기 한 대에 지나지 않으니……. 이런 것쯤은 사람의 고개조차 쳐들게 할 가치도 없다.

 물론 나는 귀환하기를 바랐다. 그러나 그와 동시에 무슨 일이 일어나리라는 것도 알고 있었다. 그대는 형벌의 선고를 받았지만, 그대가 갇혀 있는 감옥은 아직 침묵을 지키고 있다. 그대는 이 침묵에 매달린다. 한 순간 한 순간이 지나간 순간과 비슷하다. 지금 째깍거릴 1초가 세상을 변화시키리라는 절대적인 이유도 없다. 그 일은 그 순간에는 너무나 벅찬 일이다. 1초, 1초가 차례로 침묵을 구해 준다. 침묵은 벌써 영원한 것처럼 생각된다. 그러나 오리라는 것을 알고 있던 그 사람의 발소리가 들려온다.
 무엇인지 풍경 속에서 깨어졌다. 마치 꺼진 것 같던 장작이 별안간 탁 튀면서 수많은 불똥을 터뜨리는 것과 같다. 무슨 조화로 이 전체가 같은 순간에 반응을 보인 것일까? 나무들은 봄이 오면 씨앗을 떨어뜨린다. 어째서 이 무기들에게 갑작스러운 봄이 왔을까? 어째서 이 빛의 홍수가 우리를 향해 올라오며, 어째서 그것은 또 대번에 온 하늘을 덮는 것일까?
 내가 맨 처음 느낀 것은 무모한 짓을 했구나 하는 느낌이었다. 나는 모든 것을 망쳐 버렸다. 평형이 몹시도 위태할 적에는 눈짓 하나로도 몸짓 한 번으로도 넉넉히 무너지는 것이다. 등산가의 기침으로도 눈사태가 시작된다. 그리고 그가 눈사태를 일으킨 지금에 있어서는 모든 것이 결말이 난 것이다.

　우리는 벌써 야경에 잠긴 이 푸른 갯벌 속을 쿵쾅거리며 걸어다녔다. 우리는 고요한 개흙을 파헤쳤다. 그랬더니 그 개흙 속에서는 별안간 수만 대의 황금빛 거품이 우리를 향해 올라왔다.

　땅재주꾼의 한 떼가 춤에 한몫 끼였다. 땅재주꾼의 한 떼가 우리를 향해서 그들의 탄환을 몇 만 개씩 집어던진다. 이 탄환들은 각도의 변화가 없기 때문에 처음에는 움직이지 않는 것같이 보인다. 그러나 탄환들은 땅재주꾼이 손재간으로 던져 올린다기보다는 오히려 손에서 손으로 옮겨 준다고 할 만큼 천천히 올라오기 시작한다. 나는 눈물처럼 생긴 빛이 무슨 기름 같은 침묵을 뚫고 내게로 향해 흘러 오는 것을 본다. 땅재주꾼의 재주를 둘러싼 이 침묵의 기름을 뚫고.

　기관총이나 속사포가 일제 사격을 할 때마다 예탄이나 유탄이 수백 개씩 쏟아져 나와 묵주 알들 모양으로 줄줄이 달려 올라온다. 천 개의 탄력성 있는 묵주가 우리를 향해 늘어나고, 그것은 끊어지도록 팽팽하졌다가는 우리의 고도에 와서 터진다.

　측면에서 보면 우리를 맞히지 못할 탄환들은 마치 절선 같은 모양으로 지나면서 현기증이 날 정도의 속도를 보여 준다. 눈물들이 번개로 변한다. 나는 지금 내가 밀 이삭 빛깔을 지닌 탄도 속에 파묻혔다는 것을 발견하게 되었다. 나는 지금 수풀같이 빽빽한 창대의 과녁이 되어 있다. 나는 지금 무엇인지 모르는 어지러운 바느질의 위협을 받고 있다. 온 들판이 내게 매달려 내 둘레에 금줄로 번쩍이는 그물을 짜고 있다.

아! 내가 땅을 굽어보면 널찍하게 비낀 안개처럼 천천히 올라오는 저 빛나는 거품의 층이 보인다. 천천히 맴돌고 있는 낱알의 소용돌이가 보인다. 타작을 할 때에 밀 껍질이 날아오르는 모양으로. 그러나 수평으로 보면 거기에는 창 무더기밖에는 보이지 않게 된다. 사격이냐고? 천만에. 나는 새파란 칼날의 공격을 받고 있는 것이다. 내게는 빛나는 검(劍)밖에는 보이지 않는다. 나는 위험 같은 것은 전혀 문제가 되지 않는다. 나는 내가 잠겨 있는 이 사치로 인해 정신이 황홀하다.

"악!"

나는 자리에서 20센티미터나 떠올랐다. 그것은 비행기가 파성퇴를 얻어맞은 것과 같았다. 비행기가 부서져 산산조각이 났을 테지······. 아니야, 아니란 말야······. 비행기가 아직 말을 듣는 것이 느껴진다. 이것은 홍수 같은 타격의 첫 번 매질에 지나지 않는다. 그런데도 나는 폭발은 조금도 보지 못했다. 폭연이 아마 컴컴한 지면과 혼동되는 모양이다. 나는 고개를 들어 둘러본다.

이 광경은 호소할 길이 없다.

21

 몸을 굽혀 땅을 보느라고 나는 구름과 나의 공간이 차차 넓어진 것을 깨닫지 못했다. 예광탄들이 밀 이삭 빛을 쏟고 있었다. 그러나 이 예광탄들이 다 올라온 꼭대기에서 차례차례로 못을 박듯 그 시커먼 물질을 흩어 놓는다는 것을 내가 어떻게 알았겠는가? 나는 그것들이 벌써 눈이 핑핑 도는 피라미드처럼 쌓여 빙산처럼 느릿느릿 뒤쪽으로 흘러가는 것을 발견한다. 이러한 대상물에 둘러싸여 있자 나는 꼼짝하지 않고 있다는 느낌이 들게 된다.
 나는 이 건조물들이 세워지기가 무섭게 그 힘이 다 빠져나간다는 것을 안다. 이 연기 송이 하나하나는 100분의 1초 동안밖에는 생사를 지배하지 못한다. 그러나 그들은 내가 모르는 사이에 나를 에워싸고 말았다. 그것들이 나타나고 보니, 내 뒷덜미가 별안간 무서운 비난의 중압에 찍어 눌리게 된다.
 엔진의 폭음에 지워지는 이 둔중한 폭발음의 연쇄는 나로 하여금 기막히게 조용하다는 착각을 가지게 한다. 나는 아무것도 느끼지 못한다. 무엇을 깊이 생각하고 있는 것처럼 내 안에는 기다림의 허탈이 점점 깊어만 간다.

나는 생각한다. 나는 그러나 생각한다. 놈들은 너무 높이 쏜다고. 그러면서 고개를 벌떡 젖혀 한 떼의 솔개가 뒤로 날아가는 것을 아까운 듯이 바라본다. 저놈들은 포기했다. 그러나 바랄 것은 아무것도 없다.

우리를 맞히지 못한 무기들은 조준을 바로 잡는다. 폭발의 벽이 우리 고도에서 다시 쌓여진다. 각 화포진은 몇 초 동안에 그 폭발의 피라미드를 세웠다가는 필요 없는 곳을 이내 버리고 다른 데에 다시 세운다. 사격은 우리를 찾는 것이 아니고 우리를 에워싸는 것이다.

"뒤테르트르, 아직 멀었나?"
"이제 3분만 견디면 끝날 겁니다. 하지만."
"빠져나갈지도 몰라……."
"천만에요!"

이 회색 도는 검정빛, 아무렇게나 집어던지는 옷 같은 검정빛은 몹시 불길하다. 들판은 파랬는데, 한없이 파랬는데. 바다 속같이 파랬는데…….

나는 얼마 동안이나 살아 있기를 바랄 수 있을까? 10초? 20초? 이제는 폭발의 진동이 나를 끊임없이 뒤흔든다. 가까이에서 일어나는 것은 자갈차에 바위가 굴러 떨어지듯 기체에 작용한다. 그러고 나면 비행기 전체에서 거의 음악적이라고도 할 만한 소리가 난다. 이상야릇한 한숨이다. 그러나 이것들은 빗맞은 탄환이다. 이것들은 마치 벼락과도 같다. 벼락이 가까이에서 떨어지면 가까울수록 개운하다. 어떤 충격은 아주 간단하다. 그것은 포탄의 파편이 기체에 맞는 것이다. 맹수가 조를 죽일 적에 떼밀지 않는다. 그는 사나운 발톱을 틀림없이 깊숙이 박는 것이다. 그는 소를 차지해 버린다. 이와 같이 겨냥을 한 탄환은 근육에 처박히듯 기체에 그냥 박히는 것이다.

"다쳤나?"

"아니요!"

"여! 기총수, 다쳤어?"

"아니요!"

그런데 이 총격이 어떤가를 이야기해야 하겠는데, 그것은 헤아릴 수 없이 굉장한 수효이다. 그것은 비행기 거죽을 북 두드리듯 두드린다. 그것들은 탱크를 꿰뚫지 않고, 얼마든지 우리 배를 꿰뚫을 수도 있었을 것이다. 하기는 육체도 하나의 북에 지나지 않는다. 육체 따위는 아무래도 좋다. 중요한 것은 육체가 아니다. 이것은 이상한 일이다.

육체에 대해서 몇 마디 할말이 있다. 그러나 일상 생활에 있어서는 사람들이 명백한 진리에 대해서 눈이 어둡다. 명백한 진리가 나타나기 위해서는 이러한 조건이 화급하게 있어야 한다. 이렇게 올라와 쏟아지는 빛의 비가 있어야 하고, 이런 창대의 돌격이 있어야 하고, 끝으로 최후의 심판을 위한 이런 법정이 준비되어야 하는 것이다. 그래야 사람들은 깨닫는 것이다.

나는 비행복을 입는 동안에 이러한 생각을 했다.

'최후의 순간은 어떤 모양을 하고 있을까?'

실생활은 내가 만들어 낸 유령을 늘 부인했다. 그러나 이번에는 어리석은 주먹들이 멋없이 날뛰는 가운데, 벌거벗은 채로 얼굴을 막을 만한 팔꿈치 하나 없이 걸어가야 하는 것이다.

시련이라는 것을 나는 내 육체에 대한 것으로 생각했다. 나는 시련이 육체에만 오는 것으로 상상했다. 내가 필연적으로 받아들이는 관점은 내 육체, 바로 그것의 관점이었다. 사람들은 자기 육체에 그다지도 열중했다. 사람들은 육체를 그렇게 입히고, 씻기고, 손질하고, 수염을 깎고, 마시게 하고, 먹여 왔다. 사람들은 자신들의 가축들과 같이 생각해 왔다. 그래서 가축들과 함께 괴로워했다. 그리고 가축들과 함께 부르짖었고 가축들과 함께 사랑했다. 사람들은 가축을 보고 이것은 나다 하고 말했다. 그런데 별안간 이 환상이 무너지는 것이 아닌가! 사람들은 그것을 하인들 축에 밀어 버린다. 분노가 약간 격하든지, 사랑이 열광으로 되든지, 원한이 맺히든지 하면 이내 이 굉장한 연대 관계가 끊어지는 것이다.

그대의 아들이 불길 속에 휩싸여 있다고 치자. 그대는 아들을 구해 낼 것이다. 아무도 그대를 붙잡지 못할 것이다. 그대는 화상을 입는다. 그러나 그대는 그것을 아무렇지도 않게 생각한다. 그대는 이 육신 껍데기를 그것을 원하는 자에게 담보로 내준다. 그대는 그대가 그다지도 소중히 여기던 것을 조금도 아깝게 생각하지 않았다는 것을 깨닫게 된다. 그대는 무슨 장애물을 만나면 어깨로 한 번 들이받는다는 사치를 사기 위해 한쪽 어깨를 팔 것이다. 그대는 바로 자신을 다른 데에서는 발견하지 못한다. 그대의 육체는 그대의 것이기는 하지만 이미 그대는 아니다. 그대는 누구를 치려 하는가? 그러면 아무도 그대의 육체를 위협하는 것으로 그대를 제어하지는 못할 것이다. 그대는 무엇인가? 그대는 적의 죽음이다. 그대는 무엇인가? 그대는 아들의 구원이다. 그대는 그대를 가지고 바꿈질을 한다. 그리고 이 바꿈질에서 그대는 손해본다는 느낌을 가지지 않는다. 그대의 지체(肢體)는 무엇인가? 그것은 여장이다. 무엇을 다듬을 때 연장이 부서지는 것쯤 사람들은 아무렇지도 않게 생각한다. 그래서 그는 그대 몸을 그대의 적수의 죽음과 바꾸고, 그대 아들의 구원과 바꾸고, 그대의 병인(病人)의 치유와 바꾸고, 그대가 발명가라면 그대의 발명과 바꾸는 것이다. 비행대의 동료가 치명상을 입었다. 표창장에는, '그때 그는 관측 장교에게, 나는 다 틀려먹었네. 그만 가게. 서류를 살리게 라고 말했다'고 적혀 있다. 중요한 것은 오직 서류나 아이의 구출이요, 병인의 치유요, 적수의 죽음이며 발명인 것이다. 그대가 가지는 의의가 눈부실 정도로 나타나는 것이다. 그것은 그대의 의무요, 그대의 원한이요, 그대의 사랑이요, 그대의 성실이며, 그대의 발명이다. 그대는 그대 안에서 이미 다른 것은 아무 것도 만나지 못하는 것이다. 붙은 살을 떨어져 나가게 했을 뿐 아니라 동시에 육신에 대한 숭배도 떨쳐 버렸다. 사람은 이제 자기 자신에 대한 흥미를 잃었다. 그는 다만 자기가 있어 온 것으로서 그의 의무를 짊어진다. 그가 죽는다 하더라도 떨어져 나가는 것이 아니고 자신을 발견하는 것이다. 이것은 결코 도학자의 소원이 아니다. 이것은 흔한 진리, 매일같이 만나는 진리이다. 다만 일상의 착각이 꿰뚫을 수 없는 탈바가지로 그것을 덮고 있을 뿐이다. 내가 비행복을 입으며 내 육체 때문에 공포를 느끼고 있을 때, 내가 하찮은 일에 머리를 번거롭게 하는 것임을 어떻게 미리 알 수 있겠는가? 이 육체를 돌려 줄 그 순간이 되어서야 모든 사람이, 언제나 자기들이 지나치게 육체에 집착하지 않았나 하는 뜻밖의 발견을 하는 것이다. 그러나 내가 일생을 살아가는 동안 어떤 긴급한 일의 지배도 받지 않으며, 내 의의가 위험을 당하고 있지 않을 적에는 내 육체에 관한 문제보다 더 중대한 문제를 생각하지 않음은 물론이다.

　내 육체야, 나는 너를 우습게 안다. 나는 네 밖으로 쫓겨났고, 나는 이제 희망도 없다. 그런데 아무것도 아쉽지가 않다. 나는 내가 이 순간까지 무엇이었건 그것을 모두 부정한다. 생각하던 것도 내가 아니고, 느끼던 것도 내가 아니다. 그것은 내 육체였다. 나는 이럭저럭 내 육체를 끌고 여기까지 데려와야 했는데, 지금에서야 그것이 아무런 중요성도 가지지 못하게 되었다는 것을 발견한다.

　15살 적에 나는 최고의 교훈을 받았다. 내 동생 하나가 며칠 전부터 살아나지 못할 것으로 간주했는데, 어느 날 아침 4시경에 그를 맡아보던 간호원이 나를 깨웠다.

　"동생이 좀 오랍니다."

　"병이 더한가요?"

　간호원은 대답이 없다. 나는 주섬주섬 옷을 입고 동생에게로 간다. 동생은 여전한 목소리로 내게 말한다.

　"나는 죽기 전에 형하고 이야기하고 싶었어. 나는 이제 죽을 거야."

신경 발작이 일어 그는 경련을 일으키며 입을 다문다. 발작이 계속되는 동안 그는 손으로 아니라는 표시를 한다. 나는 그 손짓의 뜻을 알아들을 수가 없다. 나는 이 아이가 죽음을 거부하는 것이라고 상상한다. 그러나 발작이 가라앉자 그는 내게 이렇게 설명해 준다.
"무서워하지 마. 괴롭지 않아. 아프지 않아. 발작을 일어나지 않게 할 수는 없어. 내 육체가 하는 노릇인걸 뭐."
그의 육체는 외국의 영토처럼 이미 남이었다.
그러나 20분 안에 숨을 거둘 이 동생은 점잖아지고 싶어한다. 그는 자기의 유산 속에 자기 자신마저 넘겨주고 싶은 생각이 간절하다. 그는 내게 이렇게 말한다.
"유언을 하고 싶은데……."
그는 얼굴을 붉힌다. 그는 물론 어른 노릇을 하는 것이 자랑스럽다. 그가 만일 탑을 세우는 사람이라면 그 탑을 세우는 일을 내게 맡길 것이다. 그가 만약에 아기 아버지라면 그의 아들들의 교육을 내게 부탁할 것이다. 그가 전시 조종사라면 비행기에 있는 서류를 내게 맡길 것이다. 그러나 그는 증기 발동기 한 대와 자전거 한 대와 카빈총 한 자루밖에는 내게 맡기지 못했다.
사람은 죽지 않는다. 사람은 죽음을 두려워하는 것으로 스스로 상상하고 있다. 그런데 그것은 불의의 사고와 폭발을 두려워하는 것이고, 자기 자신을 무서워하는 것이다. 죽음은 무서워하지 않는다. 사람이 죽음에 직면하게 되면 이미 죽음은 존재하지 않는 것이다. 내 동생은 내게 이런 말을 했다.
"이것을 모두 잊지 말고 써 줘."

육체는 무너질 적에 비로소 그 본질이 나타나는 것이다. 사람은 인연의 매듭에 지나지 않는다. 사람에게 중요한 것은 다만 그 인연일 뿐이다.

육체라는 늙은 말을 사람들은 돌보지 않는다. 죽는 마당에 누가 자기 자신을 생각하는가? 나는 그런 사람을 일찍이 만난 적이 없다.

"대위님?"

"뭐야?"

"지독합니다."

"기총수……."

"응…… 예……."

"무슨……."

내 질문은 충격 속에 날아가고 말았다.

"뒤테르트르!"

"……위님!"

"맞았나?"

"아니요."

"기총수……."

"예?"

"맞……."

나는 어느 청동 벽이라도 들이받은 것 같은 기분이다.

"야, 굉장하다!"

하는 소리가 들린다.

나는 구름의 거리를 재 보려고 고개를 쳐든다. 물론 내가 비스듬히 관찰하면 할수록 검은 연기 뭉치가 더 겹겹이 쌓여 있는 것 같이 보인다. 곧장 위를 보면 그것이 덜 빽빽해 보인다. 그렇기 때문에 검은 꽃 장식이 달린 저 어마어마한 면류관이 우리 이마 위에 꼭 박혀 있는 것처럼 보이는 것이다.

허벅지의 근육은 대단히 힘이 세다. 나는 벽이라도 걷어차서 뚫을 듯 방향타간을 한 번 세차게 밟는다. 나는 비행기를 모로 내 몰았다. 비행기는 심하게 흔들리며 갑자기 왼편으로 미끄러진다. 면류관은 오른쪽으로 미끄러졌다. 나는 그것을 내 머리에서 떨쳐 버렸다. 나는 사격의 허를 찌른 것이다. 화포는 다른 곳을 때린다. 나는 오른편에 쓸데없는 폭발의 무더기가 쌓이는 것을 본다. 그러나 내가 다른 쪽 허벅지로 그와 반대로 움직임을 일으키기 전에 왕관은 벌써 내 머리 위에 자리잡았다. 지상에 있는 자들이 그것을 옮겨 놓은 것이다. 비행기는 홍, 항! 소리를 내며 다시 진구렁 속으로 떨어져 들어간다. 하지만 나는 전신의 무게로 다시 한번 방향타간을 밟아 으깼다. 나는 비행기를 역선회, 더 정확히 말하자면 반대쪽으로 미끄러뜨렸다. 정규 전회는 다 뭐 말라비틀어진 것이냐 말이다. 그러자 왕관은 왼쪽으로 떨어져 나간다.

계속한다! 이 놀음이 오래 계속될 리가 없다. 내가 아무리 이 어마어마한 발길질을 한다 해도 창대의 홍수는 바로 내 앞에 다시 쏟아지는 것이다. 왕관이 다시 이루어진다. 내 배〔腹〕에 다시 충격을 느끼게 된다. 그리고 아래쪽을 내려다보면 곧바로 나를 향해 눈이 어지럽도록 느릿느릿하게 올라오는 거품이 또 보인다. 우리가 아직 온전하다는 것은 생각하지도 못할 일이다. 그런데도 나는 내가 불사신이 된 것같이 생각된다. 그리고 승리자가 된 것

같이 느껴진다. 나는 매 초마다 승리자가 된다.
"맞았나?"
"아니요······."
그들은 무사하다. 그들도 불사신이다. 그들도 승리자이다. 나는 승리자인 탑승원 소유자이다.
이때부터는 폭발 하나하나가 우리를 위협하는 것이 아니라 우리를 단단하게 해주는 것같이 생각된다. 그 때마다 10분의 1초 동안쯤 나는 내 비행기가 박살이 난 줄로 상상한다. 그러나 비행기는 언제까지고 말을 듣는다. 그러면 나는 고삐를 세차게 잡아당겨 말을 일으키듯 비행기를 다시 일으켜 세운다. 그러면 나는 긴장이 풀리고 은근한 기쁨이 몸에 스며든다. 나는 공포를 육체적 수축으로밖에는 느낄 시간이 없는데, 벌써 안도의 한숨을 쉴 수 있게 되었다. 나는 충격에서 오는 놀라움을 맛보고 다음에는 두려움을 맛보고 또 그 다음에는 안심을 맛보아야 할 것이다. 천만에, 그럴 시간이 없다. 나는 놀라움을 맛보고 그리고 안심을 맛보는 것이다. 놀라움과 안심, 중간 단계인 공포가 빠졌다. 그래서 나는 다음 순간에 죽으리라는 기다림 속에 살지 않고, 지나간 순간에서 나오며 소생 속에서 살고 있는 것이다. 나는 일종의 환희의 연속 속에 살고 있다. 나는 내 기쁨의 자취 속에서 살고 있다. 그리하여 나는 꿈에도 예상하지 않았던 쾌락을 맛보기 시작한다. 그런 마치 매 순간마다 더 확실히 느껴지는 것과도 같았다. 나는 살고 있다. 나는 살아 있다. 나는 아직 살아 있다. 나는 여전히 살아 있다. 나는 이제 생명의 샘이 되고 말았다. 생명의 도취감은 나를 파고든다. '전투의 도취감'이라고 사람들은 말하지만 그것은 생명의 도취감이다. 아니, 저 밑에서 우리를 겨누고 쏘는 작자들은 그들이 우리를 단련시킨다는 것을 하는가 말이다.

오일 탱크도 휘발유 탱크도 모두 터졌다.
뒤테르트르가 말했다.
"끝났습니다! 올라가세요!"
다시 한 번 나는 구름과 나 사이의 거리를 눈으로 재고는 기수를 바싹 치켜세운다. 다시 한 번 나는 비행기를 왼쪽으로 기울어뜨렸다가 오른편으로 기울어뜨린다. 다시 한 번 나는 지상을 내려다본다. 나는 이 광경을 잊지 못할 것이다. 짧고 빛나는 심지가 온 들판을 뒤덮고 탁탁 튄다. 아마 속사포일 것이다. 파르스름한 넓은 수조 안에는 여전히 조그만 물거품이 올라오고 있다. 아라스의 불꽃은 모루 위에 놓인 쇳덩어리처럼 검붉은 빛을 낸다. 아라스의 불꽃은 지하 저장물 위에 든든히 자리잡고 있어, 그것을 거쳐 사람들의 땀과 사람들의 발명과 사람들의 예술과 사람들의 추억과 재산이 머리칼과 섞여 올라오며 불티가 되어 바람에 날려 간다.

이미 나는 최초의 안개 덩어리를 스쳤다. 우리 둘레로는 아직도 황금빛 화살들이 올라와서 구름 밑창을 아래서부터 뚫어 놓는다. 내가 구름 속에 완전히 싸여 들어갔을 적에 최후의 광경이 마지막 구멍으로 비쳐 들어왔다. 1초 동안 아라스의 불꽃은 그윽한 성당 안의 등불 모양으로 밤을 지내려고 켜 놓은 것같이 보인다. 그 불꽃은 어떤 종교 의식에 사용되는 것이지만 값이 몹시 비싸게 먹힌다. 내일이면 불꽃은 모든 것을 소모하고 소진시킬 것이다. 나는 아라스의 불꽃을 증거로 가지고 떠난다.

"뒤테르트르, 괜찮은가?"

"괜찮습니다, 대위님. 240도. 20분 후에 구름 밑으로 내려갑니다. 센 강 위 어디엔가 비행로 방향을 잡읍시다."

"괜찮은가, 기총수?"

"저…… 예…… 대위님…… 괜찮습니다."

"너무 덥지 않았나?"

"저…… 아니요…… 예……."

그는 어쨌는지를 알지 못한다. 그는 기쁜 것이다. 나는 가보알의 기총수 생각이 난다. 어느 날 밤, 라인 강 상공에서 80대의 적 탐조들이 그 불 자루 속의 가보알을 붙잡았다. 불 자루들은 가보알의 주위에 엄청나게 큰 대성전을 세워 놓았다. 그러더니 사격을 곁들이기 시작했다. 그때 가보알에게 기총수가 작은 목소리로 혼자 중얼거리는 말이 들려왔다. 그러나 통화기는 비밀을 지켜주지 않는다. 기총수는 자기에게 자기 속의 이야기를 하고 있다.

"자! 이사람아, 어떠냔 말이야! 이 사람아, 평복을 하고서야 아무리 뛰어 돌아다닌들 이런 것을 볼 수 있느냔 말이야!"

기총수는 기분이 좋았던 것이다.

나는 천천히 숨을 쉰다. 나는 가슴을 잔뜩 채운다. 숨을 쉰다는 것은 기막히게 좋은 것이다. 나는 여러 가지 일을 이해할 것이다. 그러나 나는 우선 알리아스를 생각한다. 아니다. 내가 맨 처음에 생각한 것은 우리 집 주인인 농사꾼이다. 나는 내 연장의 수(數)를 그에게 물어 보리라. 그야, 할 수 없는 일이지. 내 생각에는 순서가 있으니까, 103가지.

그런데…… 휘발유 용량계라, 윤활유 유압계라. 탱크가 터졌을 적에는 이 기구들을 살펴보는 편이 낫다는 말이다. 나는 이 기구들을 살펴본다. 고무로 입혔기 때문에 잘 견딘다. 이것은 훌륭한 개량이다. 나는 자이로스코프도 살펴본다. 이 구름 속은 살기가 힘들다. 소나기구름이다. 이 놈은 우리를 몹시 뒤흔든다.

"이제는 내려가도 되지 않을까?"

"10분 동안…… 10분 동안만 더 기다리는 것이 좋을 겁니다."

그러면 10분 동안만 더 기다리기로 하자. 아! 그렇지. 나는 알리아스 생각을 하고 있었지. 그는 우리가 귀환할 것으로 정말 생각하고 있을까? 저번 날 우리는 30분 늦게 돌아갔다. 30분이라면 보통은 중대한 것이다. 나는 저녁 식사를 하는 비행 대원들에게로 달려갔다. 나는 문을 밀고 들어가 알리아스 옆에 있는 내 의자에 털썩 주저앉았다. 바로 그 순간에 대장은 국수 한 뭉치를 찌른 포크를 쳐들었다. 그는 국수를 입에 집어넣을 참이었다. 그러나 그는 깜짝 놀라 포크질을 멈추고 입을 벌린 채 나를 바라보았다. 국수는 꼼짝하지 않고 매달려 있었다.

"아! 그래, 자네가 돌아와서 반갑네!"

그러고는 국수를 입에 집어넣는다. 내 생각에 대장에게는 중대한 결점이 있다. 그는 조종사에게 임무중에 얻은 정보를 기어코 물어 보고야 만다. 그는 내게 물을 것이다.

그는 무서울 만큼 참을성 있게 나를 들여다보며 누구나 다 아는 사실을 내가 일러 주기를 기다릴 것이다. 그는 이 감로주를 한 방울도 버리지 않으려고 종이 한 장과 만년필을 준비하고 있을 것이다. 이것을 보면 나는 젊었을 적 생각이 떠오른다.

"생텍쥐페리 후보생, 자네는 베르누이 방정식의 적분을 어떻게 구하는가?"

"저······."

베르누이······ 베르누이······ 이러면서 나는, 그 시선을 받으며 바늘로 몸이 꿰뚫린 곤충처럼 옴짝달싹못하고 서 있을 뿐이다.

임무에 따르는 정보라면 그것은 뒤테르트르의 소관이다. 뒤테르트르는 곧장 아래를 관찰한다. 그는 보는 것이 굉장히 많다. 트럭 부선(艀船), 전차, 사병, 대포, 말, 정거장에 있는 기차, 역장 따위. 나는 너무 사면(斜面)으로 관찰한다. 나는 총체적으로 관찰한다. 나는 구름, 바다, 강, 산, 해 따위를 본다. 나는 전체에 대한 개념을 가지게 된다.

"대장님도 아시다시피 조종사는······."

"그래도, 그래도 말이야! 무엇이건 보이는 것이 있을 테지."

"저는······ 아, 그렇지. 화재, 화재를 보았습니다. 그건 참 재미있었어요."

"그것 말고. 모두가 타고 있는 걸, 다른 것을 보았느냐는 말이오."

왜 알리아스는 그다지 잔인한가?

22

  이번에도 그는 내게 물어 볼 것인가? 내가 정찰 비행에서 보고 돌아온 것은 보고서에 써 넣을 수가 없다. 나도 철판 앞에 서 있는 중학생처럼 장승이 되고 말 것이다. 나는 매우 불행한 것처럼 보이지만 사실은 불행하지 않다. 불행은 최초의 탄환들이 반짝일 때 날아가 버렸다. 만약 내가 1초만 일찍이 뒤로 돌아서 왔더라면 나에 대해 아무것도 모르고 말았을 것이다.
  나는 마음에 끓어오르는 아름다운 애정을 몰랐을 것이다. 나는 집안 사람들에게로 돌아오는 격이다. 나는 집으로 돌아온다. 나는 장을 다 보고 집으로 돌아오며, 식구들을 즐겁게 해줄 요리를 궁리하는 주부와 같은 기분을 간직한다. 그 여자는 장바구니를 좌우로 흔든다. 그 여자는 가끔 찬거리를 덮은 신문지를 들춰본다. 모두 고스란히 들어 있다. 그 여자는 아무것도 잊지 않았다. 그 여자는 식구들을 깜짝 놀라게 하리라 생각하며 빙긋이 웃으며

서성거린다. 그 여자는 진열장을 슬쩍 들여다보기도 한다.

뒤테르트르가 나더러 억지로 희끄무레한 감옥 속에 살라고만 하지 않는다면 나도 기꺼이 진열장을 힐끔 들여다볼 것이다. 나는 전원 풍경이 차례로 지나가는 것을 볼 것이다. 하기는 좀 더 참는 편이 나을 것이다. 이곳 풍경은 독을 품고 있으니까. 여기서는 모든 것이 음모를 꾸미고 있다. 좀 촌스러운 잔디밭과 길들인 나무가 한 다스 가량 있는 시골의 조그마한 성관(城館)들까지도, 순진한 처녀들의 꾸밈없는 보석 상자같이 보이지만 그것도 실상 전쟁의 함정에 지나지 않는다. 낮게 날기만 하는 것은 정다운 신호 대신에 공뢰(空雷)의 폭발을 선물로 받기가 일쑤이다.

구름 속을 스치기는 할망정 나는 그대로 장에서 돌아오는 길이다. 대장의 목소리는 역시 옳았다. '첫 번째 오른편 골목으로 들어가는 모퉁이까지 가서 성냥을 사다 주시오……' 내 마음은 편안하다. 나는 주머니 속에 성냥을 가지고 있다. 아니 더 정확하게 말하자면 성냥은 동료 뒤테르트르의 주머니 속에 있다. 그는 자기가 본 것을 어떻게 해서 모두 생각해 낼까? 그것은 그가 알아서 할 일이다. 그래서 나는 지금 중대한 일을 생각하고 있다. 착륙하고 나서 또 새로 이사하는 법석이 벌어지지 않는다면, 나는 라코르데르에게 도전해서 장기를 이기고야 말리라. 그는 지기를 몹시 싫어하는 성격이다. 나도 역시 그렇다. 그렇지만 나는 이기고야 말 테다.

라코르데르가 어제는 술에 취했다. 그의 명예를 손상할 마음은 없으니, 적어도…… 기분 좋을 정도라고 해 두자. 그는 울분을 풀기 위해서 취했다. 비행에서 돌아올 적에 그는 착륙 장치의 조종을 깜빡 잊고 기복(機腹)으로 착륙했다. 공교롭게도 현장에 있던 알리아스는 우울하게 기체를 바라보았으나 입은 열지 않았다. 노련한 조종사인 라코르데르를 나는 지금 눈앞에 보는 듯하다. 그는 알리아스의 책망을 기다리고 있었다. 그는 알리아스가 책망하기를 바랐다. 맹렬한 책망은 그의 마음을 가볍게 해주었을 것이다. 알리아스가 폭발하면 그도 역시 폭발할 수 있었을 것이다. 그는 대꾸하는 것으로써 불을 사그라뜨렸을 것이다. 그러나 알리아스는 머리만 흔들고 있었다. 알리아스는 비행기 생각을 하고 있었다. 라코르데르 따위는 안중에도 없었다. 대장에게는 이 사고가 이러저러한 사람의 불행이 아니고 일종의 통계상의 부과(賦課)에 지나지 않는다. 이 일은 아무리 노련한 조종사라도 깜빡 저지르기 쉬운 어줍지 않은 방심에 지나지 않았는데, 부당하게도 라코르데르가 그것에 걸려들었던 것이다. 라코르데르는 이번 실수를 빼고도 직업적인 불완전이란 조금도 없는 사람이었다. 그렇기 때문에 알리아스는 희생된 비행기에만 관심이 가지고 극히 기계적으로 손해에 대한 의견만을 라코르데르에게 물었던 것이다. 그래서 라코르데르의 가라앉았던 분노가 한결 높아진 것같이 내게는 느껴졌다. 그대가 만일 형리의 어깨에 살그머니 손을 얹고, '저 불쌍한 희생이 말입니다…… 예…… 얼마나 괴롭겠습니까?' 하고 그에게 말한다고 치자. 사람 마음의 움직임이란 헤아릴 수 없는 것이어서 형리의 동정을 비는 이 다정한 손길이 오히려 그의 분을 돋군다. 그는 희생자에게 험악한 시선을 던진다. 그는 희생자를 아주 요절내지 않은 것을 후회한다.

그런 것이다. 나는 집으로 돌아가는 길이다. 2의 33 비행대는 우리 집이다. 그리고 나는 우리 집안 사람들의 마음씨를 이해한다. 나는 라코르데르를 잘못 볼 수 없다. '우리 2의 33 비행 대원들'이라는 공동성을 나는 지극히 명백하게 깨닫는다. 자! 이래서 아무렇게나 내버려져 있는 소재들이 결속되는 것이다. 나는 가보알과 오슈테를 생각한다. 나는 나를 그들과 결속시켜 주는 이 공통성을 느낀다. 나는 가보알에 대해 그의 출신이 무엇인가를 자문해 본다. 그는 훌륭한 농민의 본질을 가지고 있다. 정다운 추억이 되살아나 갑자기 내 마음을 향기롭게 해준다. 우리가 오르콩트에 있을 무렵 가보알도 같이 농가에 기숙하고 있었다. 하루는 그가 내게 말했다.

"주인 여자가 돼지 한 마리를 잡았는데 우리더러 순대를 먹으러 오라네."

먹음직스럽고 쫄깃쫄깃한 순대를 씹었다. 이스라엘과 가보알과 나, 이렇게 세 사람이. 주인 여자는 우리에게 백포도주를 주었다. 가보알이 내게 말했다.

"주인 아주머니를 기쁘게 하려고 이것을 사 드렸네. 서명해 드리게."

그것은 내가 쓴 책의 하나였다. 그런데 나는 조금도 거북한 생각이 들지 않았다. 나는 기쁘게 해주기 위해서 기꺼이 서명했다. 이스라엘은 파이프 담배를 담고 있었다. 가보알은 허벅지를 긁고 있었고, 주인 여자는 저자가 서명한 책을 얻어 가지게 된 것이 몹시도 좋은 모양이었다. 순대는 맛있는 냄새를 풍기고 있었다. 난 백포도주로 인해 기분 좋을 정도로 취기가 돌았다. 그런 짓은 늘

우스꽝스러운 것으로만 생각해 온 내가, 책에 서명했는데도 나는 그들과 딴 세상 사람인 것 같은 느낌이 들지 않았다. 그 책이 있어도 나는 저자답지도 구경꾼답지도 않았다. 나는 외부에서 온 사람이 아니었다. 이스라엘은 내가 서명하는 것을 얌전히 보고 있었다. 가보알은 순박하게 여전히 허벅지만 긁고 있었다. 그래서 나는 그들에 대해 은근한 고마움 같은 것을 느꼈다. 그 책은 나로 하여금 무관심한 방관자같이 보이게 할 수도 있었을 것이다. 그런데도 그 책이 있음에도 불구하고 나는 지식인 같지도 않고 방관자 같지도 않았다. 나는 그들 중의 한 사람이었다.

 방관자라는 구실을 나는 원래 싫어했다. 참여하지 않는다면 나는 무엇이겠는가? 내가 존재하기 위해서는 참여할 필요가 있다. 나는 동료들의 미덕에 자양을 얻는다. 그것은 알려지지 않은 미덕이지만, 스스로를 내세우지 않기 때문이지, 겸손으로 그런 것은 아니다. 가보알은 자긍심이 없다. 이스라엘도 그렇다. 그들은 그들의 일, 그들의 직무, 그들의 의무와 연결되는 얼기설기한 연계이다. 김이 무럭무럭 피어오르는 이 순대와의 연계이다. 나는 그들의 듬직한 존재에 취한다. 나는 입을 다물고 있어도 괜찮다. 나는 이 백포도주를 마셔도 괜찮다. 나는 그들과 분리되지 않고서 책에 서명할 수도 있다. 이 우애를 손상시킬 만한 것은 아무것도 없다.

 나는 지금 결코 지능의 활동도 의식의 승리도 깎을 생각이 없다. 나는 맑은 지능을 우러러본다. 그러나 본질을 잃는다면 사람이 무슨 값어치가 있겠는가? 외양뿐이고 실재가 아니라면. 나는 본질을 가보알과 이스라엘에게서 발견하는 것이다. 기요메에게

서 그것을 발견하던 것처럼.

　작가로서의 활동에서 내가 얻을 수 있는 이득, 가령 2의 33 비행대에서 내가 맡은 직무가 내 마음에 들지 않는 경우에 그곳을 그만두고 다른 임무를 맡을 수도 있을 것 같은, 내가 누릴 수 있을지도 모르는 이 자유 따위를 나는 몸서리치게 배척한다. 그것은 존재를 부정하는 자유에 지나지 않는다. 모든 임무는 사람을 사람답게 만드는 것이다.

　우리 프랑스 사람들은 본질 없는 지능으로 불어터질 뻔했다. 가보알은 존재한다. 그는 사랑하고 미워하고 기뻐하고 불평한다. 그는 연계로 단련이 되었다. 그리고 그와 마주앉아 쫄깃쫄깃한 이 순대를 맛있게 먹는 것과 마찬가지로, 나는 우리를 모두 함께 녹여 한 뭉치로 만들어 주는 직무상 의무도 맛보는 것이다. 나는 2의 33 비행대를 사랑한다. 나는 훌륭한 구경거리를 만난 구경꾼으로서 그것을 사랑하는 것이 아니다. 나는 2의 33 비행 대원이기 때문에, 그것이 나를 길러 주고 나도 그것을 기르는 데에 이바지했기 때문에 그것을 사랑하는 것이다.

　그리고 아라스에서 돌아오는 길에 있는 지금, 나는 그 어느 때보다도 더 우리 비행대 사람이 되어 있다. 나는 줄 한 가닥을 장만했다. 또 나는 침묵 속에서 맛보아야 할 공동성에 대한 기분을 내 안에 더욱 더 강렬하게 만들었다. 이스라엘과 가보알이 혹시 나보다도 더 심한 위험을 당했는지 모를 일이다. 그러나 오늘의 소풍으로 인해 나는 그들의 식탁에 앉아 그들과 함께 침묵을 지킬 권리가 좀 더 생긴 것이다. 이 권리는 비싼 값으로 사는 것이다. 그러므로 또 대단히 값이 있는 물건이기도 하다. 그것은 존재하는 권리이니까. 그렇기 때문에 내가 거북해 하지 않고 서명해 준 그 책이…… 아무것도 망쳐 놓지는 않은 것이다.

그런데 지금 나는, 조금 있다가 대장이 내게 질문을 할 적에 나불나불 말대답을 할 생각을 하니 얼굴이 붉어진다. 나는 창피스러워질 것이다. 대장은 내가 약간 정신이 멍한가 보다고 생각할 것이다. 내 책 이야기가 내게 거북살스러운 생각을 주지 않는 것은, 비록 내가 무수한 저서를 세상에 내놓았다 하더라도 이런 이력이 내가 당할 이 부끄러움에서 나를 구해 주지 못하리라는 생각에서이다. 이 부끄러움은 내가 잘 하는 놀이가 아니다. 나는 무슨 감격할 만한 풍속에 이바지한다는 사치를 할 수 있는 회의주의자는 아니다. 나는 휴가중에 시골 생활을 즐기는 도시 사람이 아니다. 나는 다시 한 번 내 성실의 증거를 아라스 상공에서 찾으려고 갔다. 나는 그 모험에 내 육체를 걸었다, 내·육체 전부를, 그것도 잃는 줄 분명히 알면서 걸었다. 그것이 놀이 규칙 이외의 것이 되게 하려고. 나는 그리하여 조금 뒤에 대장이 내게 질문할 때 허둥댈 만한 권리를 장만한 것이다. 즉 참여할 권리, 한데 연결될 권리, 통첩할 권리, 주고받고 할 권리, 나 자신 이상이 될 권리, 나를 이렇게도 팽팽하게 채워 주는 이 충만감에 도달할 권리, 내가 동료들에게 가지는 사랑을 느낄 권리, 외부에서 오는 충돌도 아니고, 송별연 석상이 아니고서는 밖에 나타나려고도 하지 않는, 그 사랑을 느낄 권리를 장만한 것이다. 그런 석상에서 그대는 약간 취할 것이고, 알코올 덕택으로 그대는 마치 다 익은 열매가 잔뜩 달린 나무처럼 동석자들에게 몸을 기댈 것이다. 비행대에 대한 내 사랑은 표현할 필요가 없다. 그것은 오직 연계로만 이루어진 것이다. 그것은 바로 내 본질이다. 나는 비행 대원이다. 그저 그뿐이다.

비행대를 생각하면 나는 오슈테를 생각하지 않을 수 없다. 나는 그의 무용담을 이야기할 수도 있을 것이지만 내가 좀 웃음거리가 될 것 같은 생각도 든다. 용맹을 운위하는 경우가 결코 아니다. 오슈테는 자기를 남김없이 전쟁에 바친 것이다. 아마 우리 모두보다도 더 철저하게. 오슈테는 우리가 힘들게 도달한 그 상태에 끊임없이 머물러 있는 것이다. 나는 비행복을 입을 적에 투덜거렸다. 오슈테는 투덜거리지 않았다. 오슈테는 우리가 향해 가는 그곳에 벌써 다다랐다. 내가 다다르고자 하던 그곳에.

오슈테는 하사관 출신으로 최근에 소위로 승진한 사람이다. 그는 아마 교육 정도가 높지 못할 것이다. 그는 자기 자신에 대해서 아무것도 해명하지 못할 것이다. 그렇지만 그는 든든하게 서 있고 완성되어 있다. 오슈테의 경우에는 의무라는 말에서 모든 잡티가 떨어져 나간다. 사람들은 오슈테가 하는 것처럼 의무를 다하고 싶은 것이다. 오슈테를 대하면 나는 나의 짧은 희생과 내 소홀함과 게으름과 그리고 무엇보다도 기회 있을 때마다 가지는 내 회의를 자책하게 된다. 이것은 무엇보다도 기회 있을 때마다 가지는 내 회의를 자책하게 된다. 이것은 덕의 표지가 아니라 선의의 질투이다. 나는 오슈테가 존재하는 만큼 존재했으면 한다. 뿌리를 든든히 박고 버티고 서 있는 나무는 훌륭하다. 오슈테의 근기(根氣)도 훌륭한 것이다. 오슈테는 사람들에게 환멸을 일으키지 않을 것이다.

그러니까 나는 오슈테의 전투 임무 이야기는 조금도 하지 않으런다. 자원 임무냐고? 우리는 누구나 다 언제든지 무슨 임무를 맡든지 자원해서 한다. 그러나 은근히 우리에게 자신을 갖고자 하는 욕망에서 그렇게 하는 것이다. 결국 우리는 자기 자신의 힘으로는 벅찬 일을 하는 것이다. 그런데 오슈테는 자연스럽게 자원하는 것이다. 그는 이 전쟁 바로 그것이다. 그것이 너무 자연스러워서 탑승원 한 패를 희생시켜야 할 경우가 생기면 대장은 이내 오슈테를 생각할 지경이다. '이것 봐, 오슈테……' 라고. 수사(修士)가 종교에 잠겨 있듯이 오슈테는 전쟁에 잠겨 있다. 그는 왜 싸우는가? 그는 자기 자신의 존재 의의를 이루는 어떤 본질을 혼동하는 것이다. 이런 경지에서 삶과 죽음은 어느 정도 혼동된다. 오슈테는 이미 혼동되어 있다. 그는 알지 못하는 사이에 죽음을 별로 무서워하지 않게 되었는지도 모른다. 영속한다는 것, 영속시킨다는 것……. 오슈테의 경우에는 살고 죽는 것이 서르 화합하는 것이다.

그의 일로 해서 내가 처음 감탄하는 것은, 가보알이 직선 항로 속도를 재려고 그에게서 크로노미터를 빌리려고 했을 때에 그가 보여 준 고민이었다.

"중위님, 싫어요…… 곤란합니다."

"바보! 10분만 조정하면 되는 거야!"

"중위님, 비행대 비품실에 하나 있습니다."

"있지. 하지만 그놈은 벌써 여섯 주일 째나 2시 7분에서 꼼짝하지 않는단 말이야."

"중위님, 크로노미터는…… 이거 빌려 주는 게 아닙니다. 저는 제 크로노미터를 빌려 줄 의무가 없습니다. 중위님은 그것을 강요하지 못하십니다."

 군기와 상관에 대한 존경이 불덩어리가 되어 떨어져서 겨우 기적적으로 무사하게 된 오슈테에게, 이내 다른 비행기로 갈아타고 이번에는 살아 돌아오기 힘든 새로운 출격을 하라고 시킬 수는 있으리라. 그러나 조심성 없는 손에서 월급 3달치를 털어 산 특제 크로노미터, 매일 밤 어머니와 같은 정성으로 태엽을 감아 준 크로노미터를 그는 남에게 내맡기지 못하는 것이다. 그는 사람들의 거동을 보면 그들이 크로노미터가 무엇인지 조금도 모른다는 것을 짐작하게 된다.

 그리하여 오슈테가 끝까지 버텨 결국 자기의 당연한 권리를 지키고 자기 크로노미터를 가슴에 안고, 아직도 격분으로 이글거리는 얼굴로 비행대 사무실을 나갔을 때 나는 오슈테를 끌어안기라도 하고 싶을 지경이었다. 나는 오슈테가 몹시 아끼는 보물을 발견했다. 그는 자기 크로노미터를 위해 싸운 것이다. 그의 크로노미터는 존재하는 것이다. 그는 또 그의 조국을 위해 죽을 것이다. 그의 조국은 존재하는 것이다. 오슈테는 그것들과 연결되어 존재하는 것이다. 그는 세상과 연결되어 있는 그 모든 연계로 반죽이 되어 있는 것이다.

 그런 까닭으로 나는 오슈테를 사랑하면서도 그 말을 그에게 할 필요를 느끼지 않았다. 이와 같이 나는 내 가장 절친한 친구 기요메를 비행 사고로 잃었지만, 그에 대한 이야기는 애써 피한다. 우리는 같은 항공로에서 조종했고 같은 항공로 개척에 참여했다. 우리는 같은 본질을 가진 사람들이었다. 나도 그와 함께 조금은 죽은 것같이 느껴진다. 나는 기요메를 내 침묵의 동료의 하나로 삼았다.

  나는 기요메의 것이다. 나는 기요메의 것이고 나는 가보알의 것이고 나는 오슈테의 것이다. 나는 2의 33 비행대의 것이다. 나는 내 조국의 것이다. 그리고 우리 비행 대원들은 모두가 이 나라의 것이다.

23

 나는 무척이나 변했습니다. 알리아스 대장님! 나는 요새 짜증이 났습니다. 요 며칠 동안 적의 기갑 부대의 침공이 아무 저항도 받지 않을 그 무렵에 2의 33 비행대는 그 희생적 임무로 말미암아 23명의 탑승원 중에서 17명을 잃었습니다. 대장님을 선두로 우리 형식을 갖출 필요로 인해 죽은 사람 노릇 하기를 마다하지 않은 것같이 제게는 생각됩니다. 아아! 알리아스 대장님, 저는 짜증이 났습니다. 그러나 제 생각은 틀렸습니다.
 우리는 대장님을 따라 그 정신이 모호해진 의무의 문구에 악착같이 매달렸습니다. 대장님은 승리를 거두라고가 아니라—그것은 불가능한 일이었으니까요—사람이 되라고 본능적으로 채찍질했습니다. 대장님이나 우리는 모두, 우리가 수집해 오는 정보가 아무에게도 전달되지 않으리라는 것을 알고 있었습니다. 그러나 대장님은 숨은 힘을 가진 의식(儀式)을 구하는 것이었습니다. 우

리의 대답이 무슨 소용에 닿기나 하는 것처럼 대장님은 적의 전차 부대의 집결지와, 부선과, 트럭과, 정거장과, 정거장에 있는 열차 따위에 대해 근엄한 태도로 우리에게 질문했습니다. 제게는 대장님이 우리의 마음을 자극하는 악의를 가지고 있는 것처럼 보이기까지 했습니다.

"천만에! 조종석에서도 얼마든지 훌륭하게 관찰할 수 있는 거요."

하지만 알리아스 대장님, 대장님 말씀이 옳았습니다.

내가 그 위를 비행하고 있는, 저 군중만 하더라도 아라스 상공에서 비로소 나는 그들과 접촉을 한 것입니다. 나는 내가 무엇을 주는 그 사람들하고밖에는 연결되지 않습니다. 나는 내가 결합하는 사람들밖에는 이해하지 못합니다. 나는 저 군중의 것입니다. 저 군중은 내 것입니다. 시속 500킬로미터와 고도 200미터로 내가 들어 있던 구름 밑으로 내려온 지금, 나는 목자가 한 눈에 양 떼를 헤아리고 불러모으고, 덮어 거느리는 것처럼 저녁 노을 속에서 저 군중과 결합합니다. 이 군중은 군중이 아닙니다. 그것은 한 국민입니다. 그러니 어찌 희망을 가지지 않을 수 있습니까?

패전의 부패가 가득 차 있음에도 불구하고 나는 성사(聖事)받고 나올 때처럼 내 마음속에 이 엄숙하고 연속적인 기쁨을 지니고 있었다. 나는 지리멸렬한 가운데 잠겨 있으면서도 승리자와 같은 느낌을 가지고 있었다. 임무를 마치고 돌아온 동료 치고 자기 안에 이 승리자다운 기분을 맛보지 않은 자가 누가 있겠는가? 페니코 대위는 오늘 아침에 있던 자신의 비행을 내게 이렇게 이야기했다.

"자동 화기가 너무 정확하게 사격하는 것 같을 적에 전속력을 내서 초저공 비행으로 그놈들에게로 기수를 돌려 가지고는 기총 소사를 한바탕 퍼부었지. 그러자 바람에 촛불이 꺼지듯이 그 불그레한 빛이 탁 꺼지고 말데 그려. 10분의 1초쯤 뒤에 나는 그 진지 위를 회오리바람처럼 지나갔지……. 그랬더니 그 회기가 폭발이라도 한 것 같데! 포수들이 풍비박산해서 달아나다가 나동그라지데 그려. 꼭 구주희(九柱戲)를 하는 기분이었어."

페니코는 웃고 있었다. 페니코는 환희 웃고 있었다. 페니코, 승리를 거둔 대위!

임무 출동을 하면 저 가보알의 기총수까지도 변모한다는 것을 나는 안다. 그 사람은 밤에 80기의 적 탐조들이 지어 놓은 대성당에 갇혀 군인의 결혼식 때처럼 검은 홍예 밑을 뚫고 나오지 않았는가 말이다.

"방향을 94도로 잡으셔도 됩니다."

뒤테르트르는 센 강을 보고 방향을 잡은 길이다. 나는 100미터 높이까지 내려갔다. 땅은 시속 530킬로미터로 거여목이나 밀밭의 장방형과 수풀의 삼각형을 우리에게 안겨 준다. 내 시구가 꾸준하게 갈라놓으며 지나가는 이 얼음의 붕괴를 보고 있노라니 나는 기이한 육체적 쾌감을 느끼게 된다. 센 강이 눈앞에 나타난다. 그것을 비스듬히 건너지르니, 강은 빙글 돌 듯이 사라진다. 이 움직임에서 나는 낫으로 한 뭉치 풀을 부드럽게 갈겨 놓은 것 같은 쾌감을 맛본다. 나는 든든히 자리잡고 앉았다. 나는 비행기 위에서는 주인이다. 탱크들은 견뎠다. 나는 포커에 이겨 페니코에 한

잔 뺏어 먹고. 그리고 장기를 두어 라코르데르를 이기리라. 나는 승리자가 되었을 적에는 이렇게 되는 사람이다.

"대위님…… 밑에서 사격합니다. 금지 구역에 들어섰나 봅니다."

진로를 산출하는 것은 그이다. 나는 책망을 들을 이유가 도무지 없다.

"몹시 쏘나?"

"죽어라 하고 쏘아 댑니다."

"돌아갈까?"

"천만에요."

말투가 아주 예사롭다. 우리는 마구 퍼붓는 소나기를 경험했다. 우리 쪽 대공 사격은 보슬보슬 내리는 봄비에 지나지 않는다.

"뒤테르트르, 그런데 말이야. 제 집에 와서 격추 당한다는 것은 우스운 일인걸!"

"떨어뜨리기는 뭘 떨어뜨려요. 그저 연습삼아 쏘는 거지요."

뒤테르트르는 입이 맵다. 나는 맵지 않다. 나는 행복하다. 나는 우리편 사병들과 이야기라도 하고 싶은 생각이 든다.

"글쎄…… 예…… 무엇같이 쏘는군요."

어라, 저 작자가 아직 살아 있었구나! 나는 내 기총수가 제 스스로 존재를 나타낸 적이 여태껏 한 번도 없었다는 것을 깨닫는다. 그는 이번 모험을 내리 치르면서도 말할 필요도 느끼지 않았다. 포격이 가장 심할 적에 '야, 굉장하다!' 하고 말한 것이 그였다면 몰라도. 어떻든 이것이 마음속 이야기라고 볼 만한 것은 되지 못했다.

그러나 여기서는 기관총이 그의 전문에 속한 일이었다. 전문가들이란 그들의 전문에 대한 이야기가 나오게 되면 걷잡을 수 없는 것이다.

나는 두 개의 우주를 비교하지 않을 수가 없다. 비행기와 우주와 지상의 우주. 나는 뒤테르트르와 기총수를 허락된 한계 너머까지 끌어냈다. 우리는 프랑스가 불타는 것을 보았다. 우리는 바다가 번쩍이는 것을 보았다. 우리는 고공에서 나이가 들었다. 우리는 박물관의 진열장을 내려다보듯 먼 땅을 내려다보았다. 우리는 태양 속에서 먼지 같은 적 전투기들과 놀았다. 그리고 우리는 고도를 낮추었다. 우리는 화재 속으로 뛰어들었다. 우리는 모든 것을 희생했다. 거기서 우리는 우리 자신에 대해, 10년 동안 묵상해서 배운 것보다도 더 많은 것을 배웠다. 우리는 마침내 10년 건의 수도 생활에서 나온 것이다.

그런데 우리가 아라스 쪽으로 올라가느라고 날아 지나갔을지도 모르는 저 도로 위에 있는 대상의 행렬은, 우리가 다시 만났을 적에 기껏해야 500미터밖에 나아가지 못하고 있지 않았는가?

그들이 고장난 차를 도랑까지 옮겨 놓고, 바퀴를 하나 갈아 끼우고, 건너지르는 길에서 표류 물들이 깨끗이 치워지기를 기다리며, 꼼짝도 하지 않고 앉아 핸들에 손가락 장단을 치고 있는 동안, 우리는 벌써 기지에 돌아가 있을 것이다.

우리는 패전 전체를 건너 질러간다. 우리는 사막에서 고생을 하면서도 벌써 마음으로는 성도(聖都)에 살고 있기 때문에 사막이 고생스럽지 않은 저 순례자들과 비슷하다.

　다가오는 밤은 이 뒤죽박죽이 된 군중을 그들의 불행한 외양간 속에 가둘 것이다. 양 떼는 서로 몸을 비벼 댄다. 그들은 무엇을 향해서 울부짖을 것인가? 그런데 우리는 동료들에게로 달려갈 수 있다. 그리고 우리는 무슨 잔치에 사느라고 걸음을 재촉하는 것 같은 느낌조차 드는 것이다. 마치 보잘것없는 오막살이라도 그것이 멀리서 반짝이고 있으면 아무리 혹독한 겨울밤이라도 성탄절 밤으로 변하는 것 같다. 그처럼 우리가 가는 저기서 우리는 저녁 빵을 먹는 동안에 서로 마음이 통할 것이다.

　오늘은 모험이 이만하면 족하다. 나는 행복하지만 피곤하다. 나는 탄흔투성이가 된 비행기를 정비원들에게 맡기리라. 나는 무거운 내 비행복을 벗어 던지리라. 그리고 페니코와 한잔내기를 하기에는 너무 늦었으니, 그저 동료들 사이에 앉아 저녁이나 먹으리라……

　우리는 늦었다. 지각하는 동료들은 영영 돌아오지 않는 사람들이다. 지각인가? 이제 그만이다. 거 참 안되었다! 밤이 그들을 영원 속으로 내던져 버린 것이다. 저녁 시간에 비행대는 죽은 대원들을 세어 보게 된다.

　행방불명된 사람들은 추억 속에서 아름답게 된다. 사람들은 언제까지고 그들을 그들이 웃던 가장 명랑한 웃음으로 꾸며 준다. 우리는 이 이득은 단념하기로 한다. 우리는 악마나 밀렵자들처럼 몰래 불쑥 들어갈 테니까. 부대장은 빵조각을 입에 집어넣다 말고 우리를 쳐다볼 것이다. 그는 아마 이렇게 말할 것이다.

　"아! 돌아들 왔군……"

동료들은 말이 없을 것이다. 그들은 우리를 살펴볼지 말지 망설일 것이다.

전에 나는 어른들을 별로 존경하지 않았다. 그것은 개가 잘못이었다. 사람은 절대로 늙지 않는다. 알리아스 대장은 더 말할 것도 없고. 사람들은 또 돌아올 적에는 순진하다.

"자네 돌아왔구먼. 우리 동료……."

그러면 수줍어 말들이 없다.

알리아스 대장님, 알리아스 대장님…… 귀대(歸隊)에 있어서의 공통성, 그것을 나는 소경을 위한 불처럼 맛보았습니다. 소경은 앉은 채로 손을 내립니다.

우리는 임무를 마치고 돌아오며 맛이 어떤지를 모르는 무슨 상을 받으려니 하고 돌아옵니다. 그런데 그 상은 사랑일 뿐입니다.

우리는 거기에서 사랑을 찾아내지 못합니다. 우리가 흔히 생각하는 사랑은 더 요란한 감정을 띤 것입니다. 그러나 여기서는 진정한 사랑을 말하는 것입니다. 즉 사람답게 하는 연계의 짜임을 말입니다.

24

나는 집 주인 농부에게 연장의 수효를 물어 보았다. 그랬더니 그의 대답이,

"당신네 계통의 일은 도무지 모릅니다. 연장이 몇 개 부족하다고 생각해야 할 것입니다. 우리를 전쟁에 이기게 했을 그 연장들이 말입니다……. 저녁 좀 같이 하시겠어요?"

"저녁은 벌써 먹었습니다."

그러나 나는 주인 여자와 조카딸 사이에 억지로 앉혀졌다.

"애야, 너는 좀 다가앉아서…… 대위님 자리를 마련해 드려라."

이리해서 내가 연결되어 있는 것은 동료뿐이 아니라는 것은 발견하게 된다. 나는 그들을 거쳐 내 조국 전체와 한없이 뻗어 나가 뿌리를 내리는 것이다.

집 주인 농부는 아무 말 없이 빵을 나누어준다. 오늘 하루의 노고가 그에게 엄격하고 장중한 기품을 만들어 주었다. 그는 마지막이 될지도 모르는 이 빵의 분배를 어떤 종교 의식을 행하듯이 하는 것이다.

문득 나는 이 빵의 재료를 만들어 준 근처의 밭들을 생각해 본다. 적이 내일은 밭에 침입할 것이다. 그렇다고 무장한 병정들이 요란을 부릴 것으로 기대하지 마라! 대지는 넓다. 침입이라고 해야 여기서는 밀밭 머리에 서 있는 회색 표석(標石) 모양으로, 편편한 들판 저 멀리 가물거리는 단초(單哨)로밖에는 나타나지 않을지 모른다. 겉으로는 아무런 변화도 보이지 않을지 모른다. 그러나 사람에 관한 한 표적 하나만 있어도 모든 것이 딴판이 되게 넉넉한 것이다.

여문 밀 이삭 위로 지나가는 한 줄기 바람은 여전히 바다 이를 지나가는 바람과 같아 보일 것이다. 그러나 여문 밀 이삭 위를 지나가는 바람이 우리에게 더 풍요해 보이는 것은 그것이 우리 조상들의 유산을 펴 가면서 조사하기 때문이다. 그것은 장래를 튼튼히 해 놓는 것이다. 그것은 아내에게는 애무가 되고, 머리를 매만지는 온화한 손이 되는 것이다.

이 밀이 내일이면 다른 물건이 되어 있을 것이다. 밀은 육체를 기르는 약식과는 다른 물건이다. 사람을 먹인다는 것은 결코 가축을 살찌우는 것이 아니다. 빵은 수많은 구실을 하는 것이다. 여럿이 함께 나누어 먹어야 하는 빵 덕분에 우리는 빵 속에서 인간 공동체의 한 연장을 알아보는 것을 배웠다. 이마에 땀을 흘려 벌어야 하는 빵 덕분에 우리는 빵 속에서 자신의 중요한 매개물을 알아보도록 배웠다. 나누어 먹은 빵의 맛이란 비길 데가 없다. 그런데 이 정신적 양식의 밀밭에서 나는 그 정신적 빵의 모든 힘이 위태로운 지경에 놓여 있다. 내 주인 농부는 내일 빵을 쪼갤 때 오늘과 같은 가정적 종교를 섬기지 않을지도 모른다. 빵이 내일은 이미 오늘과 같은 눈길을 빛을 길러 주지 못할지도 알 수 없다. 빵은 기름 램프의 기름과 같다. 기름은 빛으로 변한다.

나는 대단히 예쁜 이 집 조카딸을 살펴보며 생각한다. 빵은 이 처녀를 거쳐서는 애틋한 수심을 띤 아름다움이 된다. 빵은 수줍음이 된다. 빵은 온화한 침묵이 된다. 그런데 같은 빵이 내일도 같은 램프를 길러 준다 하더라도, 망망한 바다 같은 기슭에 나타난 하찮은 회색 점의 작용으로 인해 같은 불꽃을 내지 못할지도 모른다. 빵의 능력의 요소가 변한 때문일 것이다.

나는 육체의 양식을 구하기 위해서보다는 훨씬 더 어떤 빛의 질을 살리기 위해 싸웠다. 나는 우리나라의 집집에서 빵이 변해 이루어지는 독특한 광휘를 위해 싸웠다. 이 조용한 처녀에게서 내가 우선 감동되는 것은 그의 비물질적인 외양이다. 그것은 얼굴의 선과 선 사이에 얽혀 있는 무엇인지 알지 못할 관련이다. 그것은 책상 위에서 읽은 시이지 책상 그것은 아니다.

그 여자는 자기가 관찰을 받고 있다는 것을 깨달았다. 그 여자는 눈을 들어 나를 보았다. 그 처녀가 나를 보고 미소한 것같이 생각된다. 그것은 움직이기 쉬운 물 위를 가벼운 바람이 스친 것이라고나 할 것이었다. 이 발현이 내 가슴을 설레게 한다. 나는 다른 데서 오지 않고 이곳에서 생겨난 독특한 혼이 신비스럽게 현존하는 것을 깨닫는다. 나는 어떤 평화를 맛보며 거기에 대해서 생각한다.

'이것은 조용한 왕국의 평화이다······.'
나는 밀 빛이 반짝이는 것을 본 것이다.

조카딸의 얼굴은 신비로운 바탕 위에 다시 조용한 표정으로 돌아갔다. 주인 여자는 한숨을 짓고 한 번 휘둘러보고 말이 없다. 장차 다가올 날에 대해 생각하는 농부는 자기 지혜 속에 잠긴다. 그들의 한결같은 침묵 밑에는 한 동네의 세습 재산과도 비슷한, 그것과 똑같이 위협을 당하고 있는 내적 재산이 있다.

어떤 이상한 명증이 나로 하여금 이 보이지 않는 재화에 대해서 책임을 느끼게 한다. 나는 농가를 나온다. 나는 느릿느릿 걷는다. 나는 내 가슴에 안겨 잠든 어린아이라도 되는 듯 무겁기보다도 아늑한 느낌이 도는 이 짐을 안고 떠난다.

나는 내가 사는 동네와의 이 대화를 나 스스로에게 약속했다. 그러나 나는 도무지 할말이 없다. 나는 몇 시간 전 조바심이 가라앉았을 적에 생각한 일이 있는, 그 나무의 단단히 매달린 과실과 비슷하다. 나는 내가 그저 우리나라 사람들과 연계되어 있다는 것을 느낄 뿐이다. 내 집 주인 농부가 빵을 나누어주었을 적에 그는 아무것도 준 것이 없다. 그는 나누어 주고받고 한 것이다. 같은 밀이 우리 안을 돌아다녔다. 농부는 가난해지지 않았다. 그는 더 가볍게 되었다. 공동체의 빵으로 변한 만큼 더 맛이 있게 된 빵을 먹은 것이다. 내가 오늘 오후에 그들을 위해 전쟁 임무차 떠났을 적에도 나는 그들에게 아무것도 준 것이 없다. 우리 대원들은 그들에게 아무것도 주지 않는다. 우리는 그들이 전쟁에 바치는 희생을 한 몫이다. 오슈테가 동네를 위해 망치질을 하는 대장장이 모양으로 허풍을 떨지 않고 싸우는 이유를 알겠다. '당신은 누구요? 나는 동네 대장장이요.' 그러면서 대장장이는 흥겨운 마음으로 일한다.

그들이 실망하는 것같이 보이는 지금, 내가 아직 희망을 품고 있다고 해도 그것으로 내가 그들과 구별되는 것은 아니다. 나는 그저 그들의 희망의 몫일 뿐이다. 물론 우리는 벌써 졌다. 모든 것이 중단되고 모든 것이 무너진다. 그런데도 나는 승리자가 느끼는 평온한 마음을 느낀다. 이 말이 모순된 것이라고? 나는 말 따위는 우습게 생각한다. 나는 페니코, 오슈테, 알리아스, 가보알과 같다. 우리는 우리의 승리감을 변호할 만한 책임이 있다고 느낀다. 자기에게 책임이 있다고 느끼며, 동시에 절망을 느끼는 사람은 아무도 없다.

패배…… 승리…… 나는 이 관용어를 쓰는 데에 서투르다. 앙양시키는 승리가 하나 있나 하면 타락시키는 승리도 있다. 학살하는 패배도 있고, 각성시키는 패배도 있다. 생명은 상태로써가 아니라 걸음걸이로써 표현되기 마련이다. 내가 의심할 수 없는 유일한 승리는 씨앗의 능력 속에 들어 있다. 씨앗이 널찍한 깊은 땅에 뿌려지면 그것은 벌써 승리자가 된 것이다. 다만 씨앗이 밀이 되어 개가를 울리는 것을 보려면 때가 지나가야 하는 것이다.

오늘 아침에는 지리멸렬한 군대와 뒤범벅이 된 군중밖에 아무 것도 없었다. 그러나 뒤범벅이 된 군중도 그들이 서로 맺어지는 의식이 조금이라도 있기만 하면 이미 뒤범벅이 되어 있지 않은 것이다. 공사장에 쌓여 있는 돌들은, 공사장 한 구석의 단지 한 사람이라도 대성당을 짓겠다고 생각하는 이가 있으면, 겉으로 보기에만 아무렇게나 쌓여 있는 것 같다. 진흙 속에 씨앗이 한 알 들어 있다면 나는 흩어져 있는 흙덩어리를 가지고 걱정하지 않는다. 무엇을 만드는 데에 소용될 수 있도록 씨앗이 진흙을 말려 줄 것이기 때문이다.

  묵상을 하기에 이른 사람은 누구든지 씨앗이 된다. 명증을 발견한 사람은 누구든지 남의 소매를 끌어 그것을 보여 주려고 한다. 발명을 하는 사람은 누구든지 자기가 발명한 것을 이내 발설한다. 나는 오슈테 같은 사람이 자기 의사를 어떻게 표현하고 어떻게 행동하는지 모른다. 하지만 그것은 아무래도 좋다. 그는 자기의 신앙을 주위에 전파할 것이다. 나는 승리의 원칙이 더 낫게 짐작이 간다. 지어 놓은 대성당에서 성당지기나 걸상지기 노릇을 맡아 하려는 사람은 벌써 패배자이다. 그러나 누구든지 마음속에 대성당을 지을 생각을 품고 있으면 벌써 승리자가 되는 것이다. 승리는 사랑의 결과이다. 사랑만이 어떤 모습을 반죽해야 할지 안다. 사랑만이 그것을 향해 인도한다. 지력은 사랑에 봉사하는 데에만 가치가 있다.

  조각가는 자기가 구상하는 작품의 무게로 마음이 가득차 있다. 어떻게 반죽을 할지 모른다 하더라도 그는 별로 상관이 없다. 엄지손가락으로 반죽하고 또 반죽하고 틀리고 또 틀리고, 모순에 모순을 거듭하며 그는 진흙을 가지고 자신의 창작으로 곧장 나아갈 것이다. 지력도 판단도 창조자는 되지 못한다. 만약 조각가가 학식과 지성밖에 가지지 못한 사람이라면 그의 손은 재능이 없을 것이다.

  우리는 지성의 구실에 대해 너무나 오랫동안 그릇된 생각을 가지고 왔다. 우리는 인간의 본질을 소홀히 여겼다. 우리는 비열한 인간들의 능란한 재간도 숭고한 대의(大義)의 승리에 도움이 될 수 있으리라고, 약아빠진 이기심이라도 희생 정신을 앙양시킬 수 있으리라고, 메마른 마음이라도 현하웅변(懸河雄辯)으로 우애와 사랑을 쌓아올릴 수 있으리라고 생각했다. 우리는 본질을 소홀히 여겨 왔다. 서양 삼송의 씨는 좋든 싫든 서양 삼송이 될 것이다. 가시나무 씨는 가시나무가 될 것이다. 이제부터 나는 사람을 판단하는 데에 있어서 그의 결정을 공정하다고 주장하는 공식을 가지고 하지는 않으리라. 사람은 말의 보증이나 행동의 방향에 대해서 너무나 쉽사리 속아넘어간다. 자기 집으로 걸어가는 저 사람으로 말하더라도 그가 싸움을 향해 걸어가는지 사랑을 향해 걸어가는지 나는 모른다. 나는 이렇게 자문하리라. '어떤 사람일까?' 그때에야 비로소 나는 그가 무슨 생각을 골똘히 하는지, 어디로 가는지 알게 될 것이다. 결국 사람은 언제나 자기가 골똘히 생각하는 그곳으로 가는 것이다.

 싹이 햇볕을 줄기차게 받으면 영락없이 땅 속의 돌 틈바귀를 이리저리 누비며 제 길을 찾아낸다. 순수한 이론가는 그를 끌어내는 태양이 없으면 복잡한 문제 속에 파묻혀 버린다. 나는 적이 내게 준 교훈을 기억하리라. 적의 후방을 포위하려면 기갑 부대는 어떤 방향을 취할 것인가? 이론가는 대답이 궁하다. 기갑 부대는 무엇이 되어야 하는가? 그것은 둑을 밀어 덮치는 바다의 무게가 되어야 하는 것이다. 무엇을 해야 하는가? 이것이야말로 중요한 문제이다. 왜냐하면 정신이 지력을 기름지게 하기 때문이다. 정신은 장차 나올 작품을 지력 속에 배(胚)게 하는 것이다.

지력은 그 작품을 달이 찰 때까지 이끌어 줄 것이다. 처음으로 배를 만들기 위해 사람은 무엇을 할 것인가? 그 방법은 너무도 복잡하다. 결국 배는 모순된 모색을 수없이 거쳐 생겨날 것이다. 그러나 사람은 무엇이 되어야 한다. 그렇게 되면 반드시 멀리 떨어져 있는 땅에 대한 사랑으로 기술자들을 동원하고, 직공들을 끌어 모아서 언제고 자기의 배를 바다에 띄우고야 말 터이니까! 수풀을 온통 날려보내려면 어떻게 해야 되겠는가? 아! 그건 너무 어려운 걸…… 그러면 무엇이 되야 하겠는가? 산불이 되야 한다.

내일 우리는 밤 속으로 들어갈 것이다. 날이 다시 밝아 올 때 우리 조국이 아직도 남아 있으려면 우리는 나라를 구하기 위해 무엇을 해야 하겠는가? 어떻게 간단한 해답을 댄단 말인가? 여러 가지 필요한 것들이 서로 모순되어 있으니 말이다. 정신적 유산을 구하는 것이 중요하다. 그것이 없으면 민족이 그 정신을 잃게 될 터이니까. 민족을 구하는 것도 중요하다. 민족이 없으면 정신적 유산을 잃게 될 터이니까. 이론가들은 이 두 가지 구제를 조화시키는 언어를 발견하지 못하므로 정신이나 육체 중의 하나를 희생할 생각이 들 것이다. 그러나 나는 이론가들 따위가 어떻게 생각하든 아랑곳하지 않는다. 나는 날이 밝았을 적에 프랑스가 정신과 육체를 모두 구비해서 남아 있기를 바란다. 나의 조국의 이익을 따라 행하려면 나는 끊임없이 내 온갖 사랑을 기울여 이 방향에 압력을 가해야 할 것이다. 그래서 바다가 밀고 나가는 곳에는 반드시 나아갈 길이 생길 것이다.

나는 구원에 대해 아무런 의심도 가질 수 없다. 나는 아까 말한 소경에 대한 불의 비유를 한층 더 이해하게 된다. 소경이 불을 향해서 걸어간다면, 그것은 그의 마음에 불에 대한 그리움이 생긴 까닭이다. 불이 벌써 그를 인도하는 것이다. 소경이 불을 찾는다면 그것은 이미 그의 창작을 손에 쥐고 있는 것이다. 우리도 마찬가지다. 우리는 우리의 연계를 깨닫는다. 그러니까 우리는 이미 승리자이다.

우리의 공동체는 이미 감각할 수 있게 되었다. 그것에 가담하기 위해서는 물론 그것을 표시해야 할 것이다. 그것은 의식과 언어의 노력이다. 그러나 그 공동체의 본질을 잃지 않기 위해서는 일시적인 이론의 함정과 공갈과 논전에 귀를 막는 것도 필요할 것이다. 우리는 무엇보다도 먼저 우리가 그것으로서 존재하게 된 본질의 아무것도 부정하지 말아야 한다.

또한 이러한 까닭으로 아라스 상공에서의 임무를 마치고 돌아와서―또 아마 그 임무에서 가르침을 받아―시골 밤의 적막 속에 담을 의지하고 서서, 나는 영영 배반하지 않을 간단한 규칙을 스스로 안고 들어가련다.

내가 그들의 한 사람인 이상 그들이 무슨 짓을 하든 나는 내 동족을 절대로 부정하지 않으리라. 나는 남 앞에서 절대로 그들을 비난하는 말을 하지 않으리라. 그들을 변호할 수만 있으면 나는 그들을 변호하리라. 만일 그들이 나를 욕되게 한다면 나는 이 치욕을 마음속에 숨겨 두고 입을 열지 않으리라. 그때에 내가 그들에 대해 어떤 생각을 가지든 나는 결코 그들을 비난하는 증인이 되지 않으리라. 남편은 이 집 저 집 돌아다니면서 자기 아내가 화냥년이라고 제 입으로 이웃 사람에게 말하려 들지는 않을 것이다. 그렇게 한다고 그의 명예가 회복되지 않을 것이다. 왜냐하면 그의 아내는 자기 집 식구니까 말이다. 아내를 깎아 내려 그가 훌륭해질 수는 없다. 자기 집에 돌아와서야 비로소 그는 자기 분노를 폭발시킬 권리가 있다.

이와 같이 나는 흔히 굴욕이 될 패배에서 발을 빼지 않을 것이다. 나는 프랑스 사람이다. 프랑스는 많은 르느와르, 많은 파스칼, 많은 파스퇴르, 많은 기요메, 많은 오슈테를 냈다. 프랑스는 또 많은 무능력자와 정치꾼과 사기꾼 들도 냈다. 그러나 저쪽 사람들만 내세우고 이쪽 사람들과의 모든 관련을 부인한다는 것은 너무나도 안이한 생각같이 느껴진다.

패배는 분열을 가져온다. 패배는 이루어졌던 것을 분해시킨다. 거기에는 죽음의 위험이 있다. 나는 나와 달리 생각하는 동족에게 패전의 책임을 전가시킴으로 이 분열에 이바지할 마음은 없다. 재판관 없는 이 소송에서는 아무것도 얻을 것이 없다. 우리는 다 같이 졌다. 나도 졌다. 오슈테도 졌다. 오슈테는 자기 아닌 딴 사람들에게 패배의 책임을 전가시키지 않는다. 그는 자기에게 이렇게 말한다. '나, 오슈테가, 프랑스의 한 사람인 내가 약했다. 오슈테의 프랑스가 약했다.' 오슈테는 만일 그가 자기 동족들과 절연하면 자기 혼자에게밖에는 영광을 돌리지 못한다는 것을 잘 알고 있다. 그렇게 되면 그는 한 집의 오슈테도 아니고, 한 가문이나, 한 비행대나, 한 조국의 오슈테도 아닐 것이다. 그는 이미 사막의 오슈테에 지나지 않게 될 것이다.

내가 만일 내 집 때문에 즐겨 굴욕을 당하면 나는 내 집에 대해서 영향을 미칠 수가 있다. 내가 내 집의 것인 것처럼 내 집도 내 것이 된다. 그러나 내가 만일 굴욕 당하기를 거절한다면 집은 제멋대로 파괴되고 나 혼자 의기양양하게 활보할 것이다. 그러면 나는 죽은 자보다도 더 쓸데없는 자가 될 것이다.

존재하기 위해서는 우선 책임을 지는 것이 중요하다. 그런데 몇 시간 전만 하더라도 나는 눈이 어두웠다. 나는 짜증냈다. 그러나 지금은 훨씬 더 명확하게 판단한다. 내가 프랑스의 한 사람이라는 자각을 가지게 된 때부터 내가 다른 프랑스 사람들을 원망하지 않는 것처럼, 프랑스가 세계를 원망하리라고도 생각하지 않게 되었다. 각자는 모든 사람에 대한 책임이 있다. 프랑스는 세계에 대해서 책임이 있었다. 프랑스는 세계를 일치시키는 공동 척도를 세계에 줄 수 있어야 했을 것이다. 프랑스는 세계에 대해 쐐기 노릇을 할 수도 있었을 것이다. 만약 프랑스가 프랑스의 풍미를 가지고 프랑스의 공휘를 가졌더라면 전 세계가 프랑스를 통해 항쟁했을 것이다. 이제부터 나는 세계에 대한 내 비난을 부인하련다. 세계에 만일 얼이 있었다면 프랑스가 그의 얼이 되었어야 했을 것이다.

프랑스는 자기 자신에 가담했어야 할 것이다. 우리 2의 33 비행대는 의용군으로 노르웨이 전쟁과 핀란드 전쟁에 연이어 참가했다. 우리나라의 사병과 하사관들에게 노르웨이와 핀란드는 무엇을 의미했던가?

내게는 그들이 무슨 성탄절과 같은 기분을 위해 죽어도 괜찮다고 어렴풋이 생각한 것처럼 느껴졌다. 그들에게는 세계에서 이 맛을 살리는 것이 그들의 생명을 희생하는 정당한 이유가 된다고 생각했던 것이다. 만일 우리가 세계의 성탄절이 되었더라면 세계는 우리를 구제함으로써 자기를 구제했을 것이다.

　세상 사람들의 정신적 공동체는 우리의 이익을 위해 발동되지 않았다. 그렇다 하더라도 세계에 이 인간의 공동체를 세움으로써 우리는 세계와 우리 자신을 구제했을 것이다. 우리는 이 과업을 다하지 못했다. 각자는 모든 것에 대한 책임이 있다. 각자는 그 자신에 대한 책임이 있는 것이다. 그뿐 아니라 각자는 모든 것에 대한 책임이 있다.

　나는 내 것이라고 주장하는 문명의 흘러 내려오는 종교의 현의(玄義)의 하나인 '사람들의 죄를 짊어진다'는 말을 처음으로 이해했다. 그러므로 사람은 각기 모든 사람의 모든 죄를 짊어지는 것이다.

25

 누가 이것을 약자의 주장이라고 보겠는가? 상관이란 모든 것에 대한 책임을 지는 자이다. 그는 '나는 패했다'라고 말한다. 진실한 사람은 이렇게 말한다. 오슈테는 '내게 책임이 있다'고 말할 것이다.
 나는 겸손이 무엇인지 안다. 겸손이란 자기를 깎아 내리는 것이 아니다. 그것은 행동의 본원, 바로 그것이다. 만일 나 자신을 용서해 줄 생각으로 내 불행을 숙명의 탓으로 돌린다면 나는 숙명에 굴복하는 것이 된다. 그러나 잘못을 내가 책임진다면 나는 사람으로서의 내 능력을 주장하는 것이 된다. 나는 내가 딸린 그것에 대해 행동할 수가 있게 된다. 나는 인간 공동체의 구성 분자가 되는 것이다.
 그리고 보면 나를 자라게 하기 위해 내가 싸우는 상대자는 내 안에 있는 것이다. 이와 같이 자라는 사람과 내가 대적해서 싸우는 개인을 내 안에서 구별하기 위해서는 그 어려운 출동이 필요했다. 하지만 나는 이렇게 생각한다. 개인은 길에 지나지 않는다고. 그 길을 이용하는 사람만이 중요한 것이다. 나는 이미 논전의 진리로써는 만족할 수가 없다. 개인들을 비난하면 무슨 소용이 있겠는가? 개인들이란 길이요, 통로에 지나지 않는 것을. 나는 이제 내 기관총들이 얼어붙은 것을 관리들의 태만의 탓이라고 보고할 수도 없고, 우방 국민들이 참석하지 않는 것을 그들의 이기심 탓이라고 보고할 수도 없었다. 패배는 물론 개인의 파산으로 나타난다. 그러나 개인들은 문명이 만들어 놓는다. 그러니까 내가 내세우는 문명이 개인들의 과오로 인해 위협을 당한다면 나는 그 문명이 왜 그들을 달리 빚어 내놓지 않았는가 하고 자문할 권리가 있는 것이다.

한 문명이 한 종교와도 같이 그 추종자들의 나약을 원망하는 때에는 자기 자신을 비난하는 것이 된다. 문명은 그 추종자들을 앙양할 의무가 있는 것이다. 그것은 불신자의 증오를 원망하는 경우에도 마찬가지이다. 그것은 미신자들을 개종시킬 의무가 있는 것이다. 그런데 옛날에는 용기를 보여 주고, 사도들을 열광시키고, 포악한 자들을 꺾고 노예들을 해방시켜 주던 우리 문명이, 오늘에 와서는 앙양할 줄도 개종시킬 줄도 모르게 되었다. 만약 내가 내 패배의 여러 가지 원인의 뿌리를 뽑기 원하고 갱생하고자 하는 야심을 가졌다면 나는 잊어버린 누룩을 다시 찾아 낼 필요가 있다.

한 문명은 밀과 같은 것이다. 밀이 사람을 먹여 살리지만 사람도 역시 씨앗을 공간에 챙겨 밀을 살리는 것이다. 챙겨 둔 씨앗은

밀의 대대로 내려오는 유산처럼 존중되는 것이다.

 어떤 종류의 밀이 나기를 원하는지 아는 것으로 나는 족하다 할 수 없다. 내가 어떤 종류의 인간과 그의 능력을 구하고자 한다면 나는 그 인간을 형성하는 원리도 구해야 한다.

 그런데 내 것이라고 주장하는 그 문명의 모습을 내가 지니고 있다고 하더라도 나는 그 문명을 전해 주던 법칙을 놓쳐 버리고 말았다. 내가 쓰던 말이 이미 요점을 찌르지 못하게 되었다는 것을 나는 오늘 밤에야 깨달았다. 나는 이렇게 민주주의를 강론하면서도 그것이 인간의 성질과 운명에 대해 어떤 법칙을 총괄해서 말하는 것이 아니고, 몇 가지 희망을 통틀어 말하는 것임을 깨닫지 못했다. 나는 사람들이 우애가 있고 자유롭고 행복하기를 빌었다. 물론 그랬을 것이다. 누가 그렇지 않았다고 하겠는가? 나는 사람이 어떠해야 한다는 설명은 할 수 있었지만, 사람이 어떠한 자가 되어야 한다는 것은 설명할 수 없었다.

 나는 인간 공동체에 대해 말할 때 용어의 정확을 기하지 못했다. 마치 내가 암시하는 그 상태가 특수한 조직의 결과가 아니기나 한 것처럼 나는 당연한 명증을 상기시키는 것같이 생각되었다. 그러나 당연한 명증은 없다. 파시스트 군대도 노예 시장도 역시 인간 공동체인 것이다.

 이 인간의 공동체에 나는 이미 건축가로서 살고 있지는 않았다. 나는 그 평화와 그 관용과 그 편리를 이용하고 있었다. 나는 그것에 대해 내가 거기 머물러 있다는 것밖에는 아는 것이 없었다. 나는 거기서 성당지기나 걸상지기로 살고 있었다. 즉 기생충으로서 패배자로서.

기선의 손님들도 마찬가지이다. 그들은 배에 아무것도 주는 것이 없이 그것을 이용할 뿐이다. 그들은 절대적 안전 지대라고 믿는 살롱에 틀어박혀 노름을 계속한다. 그들은 해수의 끊임없는 압력을 받는 배의 늑골의 노고는 모르고 있는 것이다. 만약에 폭풍우를 만나 배가 부서진다 해도 그들이 무슨 염치로 원망할 수 있겠는가?

개인들이 타락했다 해도, 내가 패배했다 해도 내가 무엇을 원망하겠는가?

사람들이 가졌으면 하는 내 문명에 대한 장점에는 공통된 척도가 있다. 그들이 쌓아올려야 하는 독특한 공동체에는 하나의 핵심이 있다. 예전에는 뿌리와 줄기와 가지와 열매 따위의 근원이 된 원리가 하나 있었다. 그것은 무엇인지? 그것은 사람들의 기름진 땅 속에 심어진 힘있는 씨앗이었다. 이것만이 나를 승리자로 만들 수가 있는 것이다.

내가 지금 보내고 있는 시골의 이상한 밤에서, 나는 여러 가지를 이해하게 된 것 같다. 적막은 몹시도 그윽하다. 아무리 작은 소리도 종소리처럼 온 공간을 채운다. 나와 관련이 있는 것은 하나도 없다. 저 가축의 낑낑거리는 소리도, 저 멀리서 들려오는 사람 부르는 소리도, 저 문 여닫는 소리 등 모든 것이 내 안에서 일어난 것 같다. 나는 사라져 버릴지도 모르는 이 가정의 뜻을 서둘러서 깨달아야 하겠다.

나는 혼잣말을 한다. '아라스의 포화 덕택이야.' 그 포화는 껍질을 부수었다. 오늘 하루 종일 나는 아마 내 안에 짐을 꾸렸나 보다. 나는 까다로운 관리인에 지나지 않았다. 개인이란 그런 것이다. 그러던 것에 인간이 나타났다. 그는 그냥 내 자리에 앉아 버렸다. 그는 뒤범벅이 된 군중을 보고 거기에서 한 민족을 발견했다. 자기의 민족을. 인간은 이 민족과 나의 공동 척도이다. 그랬기 때문에 비행대로 달려오면서 나는 활활 타는 불을 향해 달리는 것 같은 느낌이 들었다. 인간이 내 눈으로 내다보았다. 인간은 동료들의 공동 척도이다.

이것이 하나의 조짐일까? 나는 조짐이라고 믿고 싶은 마음이 간절하다. 오늘밤에는 모든 것이 말없는 가운데 이해가 된다. 모든 소리가 무슨 전언과도 같이 맑으면서도 희미하게 들려온다. 나는 밤을 가득 채우는 고요한 발소리에 귀를 기울인다.
"여어! 대위님, 안녕하십니까?"
"안녕하시오?"
나는 그 사람을 알지 못한다. 그것은 마치 이 배에서 저 배를 향해 부르는 사공들의 '어이!' 소리와 같은 것이었다.
다시 한 번 나는 기적적인 혈연이라는 느낌을 맛보았다. 오늘밤 내 안에서 살고 있는 인간은 자기 살붙이를 언제까지고 헤아리고 있는 것이다. 인간은 민족과 종족의 공동 척도이다.
저 사람은 걱정과 생각과 영상을 한아름 안고 집으로 돌아가는 길이었다. 자기 안에 간직한 짐을 안고, 나는 그에게 가까이 가서 말을 걸 수도 있었을 것이다. 하얀 시골길에 서서 우리는 몇 가지 추억을 서로 이야기했을 것이다. 가령 상인들은 여행에서 돌아와 만나면 보물들을 서로 교환하는 것이다.
내 문명에 있어서 나와 다른 사람이 나를 손상시키기는커녕 나를 풍부하게 해준다. 우리의 단일성은 우리를 초월해서 인간 안에서만 이루어진다. 이와 같이 2의 33 비행대에서 저녁때 우리가 토론하는 것이 우리의 우애를 해치기는커녕 그것을 더 깊게 해준다. 왜냐하면 아무도 자기 자신의 메아리를 듣기 원하지 않고 거울에 자기 모습을 비쳐 보기를 원하지 않기 때문이다.

인간 안에는 이와 마찬가지로 프랑스의 프랑스 사람과 노르웨이의 노르웨이 사람들이 있다. 인간은 그 단일성 안에 이들을 맺어 줌과 동시에 자가당착에 빠지지 않고 이들의 독특한 풍속을 찬양한다. 나무도 역시 그 뿌리와 같지 않은 가지로만 나타나는 것이다. 그러므로 어떤 나라에서는 눈에 대한 이야기를 지어내고, 네덜란드에서는 튤립을 가꾸고, 에스파냐에서는 플라멩코를 즉흥적으로 추곤 한다면 우리는 모두 그로 인해 인간 안에서 풍부해지는 것이다. 혹은 이 때문에 우리 비행 대원들이 노르웨이를 위해 싸우길 원했는지도 모른다.

이제 나는 머나먼 순례의 종점에 다다른 것같이 생각된다. 나는 아무것도 새로 발견하지 못했고, 다만 잠에서 깬 것처럼 잠시 보지 못하던 것을 다시 보게 되었다.

내 문명은 개인을 통해 인간을 숭상하는 데에 입각해 왔다. 그것은 여러 세기에 걸쳐서 마치 석재를 통해 대성당을 알게끔 가르쳐 주는 것처럼 인간을 보여 주려고 애써 왔다. 그것은 개인을 초월하는 인간을 강론해 왔다.

왜냐하면 내 문명의 인간은 사람들을 기본으로 해서 정의할 수 없는 것이다. 사람들이야말로 인간을 기본으로 해서 정의하는 것이다. 인간은 모든 존재와 마찬가지로 그것을 구성하는 재료로 설명되지 않는 그 무엇이 있다. 한 대성당은 하나의 돌무더기와 아주 딴 물건이다. 그것은 기하요, 건축학이다. 석재가 대성당을 정하는 것이 아니라, 대성당이 그 독자적인 의의로 석재를 귀하게 만드는 것이다. 이 돌들은 대성당의 석재가 됨으로써 존귀해지는 것이다. 가지각색의 돌들이 대성당의 단일설을 이루는 데에 사용된다. 대성당은 몹시 듣기 싫은 물받이 소리까지도 그 찬미가 속에 흡수하는 것이다. 그러나 나는 차차 내 진리를 잊어버렸다. 나는 돌이 석재를 요약하듯이 인간이 사람들을 요약하는 것으로 믿었다. 나는 대성당과 석재 무더기를 혼동했다. 그랬더니 차츰차츰 유산이 사라져 버렸다. 인간을 부흥시켜야 한다. 인간이야말로 내 문화의 본질이다. 그야말로 내 공동체의 열쇠이다. 그야말로 내 승리의 원리이다.

26

 어떤 사회의 질서를 고정된 법규에 대한 작자의 복종을 위에 세우기는 쉬운 일이다. 한 상전(上典)이 나 한 권의 코란을 군소리 없이 따라갈 만큼 맹목적인 사람을 해방시키기 위해서 사람이 자기 자신을 통어(統御)하게 만들 수만 있다면 그 공은 비길 수 없을 만큼 높은 것이다.
 그런데 해방시킨다는 것은 도대체 무엇을 의미하는가? 내가 만일 사막에서 아무것도 깨닫지 못하는 한 사람을 해방시켰다고 한다면, 그의 자유란 도대체 무엇을 뜻하겠는가? 자유란 어딘가로 가려는 어떤 사람에게밖에는 있을 수 없다. 이 사람을 해방시킨다는 것은 그에게 목마름을 가르쳐 주고, 우물로 가는 길을 가르쳐 주는 것이리라. 그때서야 비로소 의미 있는 발걸음이 그에게 생길 것이다. 무게가 없다면 돌을 해방시킨다는 것은 아무 의미가 없다. 그 돌은 자유롭게 되기만 하면 아무데도 가지 않을 것

이니까 말이다.

 그런데도 내 문명은 인간 관계를, 개인을 초월한 인간 숭상 위에 쌓아 올리려고 했다. 그렇게 함으로써 자기 자신이나 남에 대한 각자의 행동이, 흰 개미집의 관습을 덮어놓고 따르지 않고 자유로운 사랑의 행사가 되게 하려고 한 것이다.

 눈에 보이지 않는 무게의 길이 돌을 해방시킨다. 사랑의 보이지 않는 내리받이가 사람을 해방시킨다. 내 문명은 각각의 사람들을 한 임금의 대사(大使)로 만들려고 해보았다. 내 문명은 개인을 그보다 더 위대한 자의 길이나 메시지로 생각했다. 그것은 개인의 상승의 자유 앞에 자력 있는 여러 방향을 제시했다.

 나는 이 자장(磁場)의 내력을 잘 안다. 여러 세기를 두고 내 문명은 사람들을 통해 하느님을 보아 왔다. 사람은 하느님의 모상으로 창조되었다. 사람들은 사람 안에서 하느님을 존숭(尊崇)했다. 사람들은 하느님 안에서 서로 형제들이었다. 하느님은 이 모습이 각 사람에게 넘겨 줄 수 없는 품위를 갖춰 주었다. 자기 자신이나 남에 대한 각자의 의무는 명백히 사람의 천주에 대한 관계에 근거를 둔 것이었다.

 내 문명은 그리스도교적 가치의 상속자이다. 나는 대성당의 건축을 더 잘 이해하기 위해 그 누구를 상고(詳考)하련다.

 하느님을 묵상하는 것이 이 세상 사람들을 평등하게 만들었다. 하느님 안에서는 모든 사람이 어느 누구도 차별 없이 평등하므로, 그래서 이 평등에는 명백한 의미가 있었다. 왜냐하면 어떤 것에 대해서는 평등할 수가 없으니까. 사병과 대위는 국가로 볼 적에는 평등하다. 그 평등은 묶어 놓을 대상물이 없으면 아무 뜻도 없는 낱말이 되고 만다.

　나는 개개인을 통해 나타나는 하느님의 권리인 평등이, 어찌해서 한 개인의 상승 한도를 정하는 것을 금했는지 명백히 이해한다. 하느님이 그 개인을 길로 정할 수도 있기 때문이었다. 그러나 개인에 대한 하느님의 권리인 평등이기도 했던만큼, 어째서 어떤 개인을 막론하고 같은 의무와 법을 준수해야 하는지도 나는 이해한다. 하느님을 드러냄으로써 그들은 그 권리에 있어서 사소한 차별도 없이 평등했다. 하느님을 섬김으로써 그들은 그 의무에 있어서 평등했다.

　하느님 앞에 세워진 평등에 왜 모순도 혼란도 따르지 않는지를 나는 이해한다. 공통적인 척도가 없어서 평등의 원칙이 식별의 원칙으로 퇴화할 때에는 폭민 정치가 파고드는 것이다. 그렇게 되면 사병이 대위에게 경례를 거부하게 된다. 왜냐하면 사병은 대위에게 경례함으로써 국가에 경의를 표하는 것이 되지 않고, 한 개인에게 경의를 표하는 것이 되기 때문이다.

　내 문명은 하느님에게서 계승해 내려오는 것으로, 사람들을 인간 안에서 평등하게 만들었던 것이다.

　나는 인간 상호간의 존경이 어디에서 오는지를 알았다. 학자는 하역 인부까지도 존경할 의무가 있다. 왜냐하면 하역 인부도 하느님의 대사였던만큼 그를 통해서 하느님을 존경하는 것이기 때문이다. 한편 아무리 가치가 있고 또 한편 아무리 보잘것없다고 하더라도 어떤 사람도 다른 사람을 노예로 만들겠다고 할 수는 없다. 그러므로 대사를 욕보이지 못하는 법이다. 그러나 이렇게 사람을 존경한다고 해서 반드시 개인의 범용이나 무지나 몽매 앞에 비열하게 무릎을 꿇어야 한다는 것은 아니다. 왜냐하면 가장 먼저 하느님의 대사라는 그 자격에 경의를 표하는 것이기 때문이다. 이와 같이 개인 자격을 초월한 대사와 대사 사이에 일이 논의되었기 때문에 하느님에 대한 사람은 사람들 사이에 기품 있는 관계를 세워 놓는 것이다.

내 문명은 하느님에게서 계승해 내려오는 것으로서, 개인을 통해 인간에 대한 존경을 마련해 놓았다.

나는 사람들의 우애가 어디서 오는지 알았다. 사람들은 하느님 안에서 형제들이었다. 사람이 형제가 되려면 무엇인가가 있어야 한다. 그들을 맺어 놓는 매듭이 없으면 사람들은 그저 나란히 서 있을 뿐 결합되지 않는다. 사람은 무조건 형제가 될 수는 없다. 내 동료들과 나는 2의 33 비행대에 의해 형제들이다. 프랑스에 의해 형제들이다.

내 문명은 하느님에게서 계승해 내려오는 것으로, 사람들은 인간 안에서 형제로 만들었다.

나는 내가 설교에서 들은 자선의 의무가 무엇을 뜻하는지를 알았다. 자선은 개인을 거쳐 하느님을 섬기는 것이었다. 개인이 아무리 용렬하다 할지라도 자선은 하느님에게 드려야 하는 것이었다. 이 자선은 그것을 받는 사람을 욕되게 하는 것도 아니었고, 그를 삼사의 사슬로 결박하는 것도 아니었다. 희사(喜捨)가 그에게 주어지는 것이 아니고, 하느님에게 바쳐지는 것이었으니까. 반면에 이 자선의 행사는 결코 범용이나 무지나 몽매에 대해서 경의를 표하는 것도 아니었다. 의사는 아무리 비천한 페스트 환자라도 그 진료에 목숨을 내걸 의무가 있었다. 그는 하느님을 섬기는 것이었다. 도둑의 머리맡에서 밤을 세웠다고 그의 가치가 줄어드는 것은 아니었다.

내 문명은 하느님에게서 계승해 내려오는 것으로, 이와 같이 개인을 통해 인간에게 자선을 희사했다.

나는 개인에게 요구되는 겸손의 깊은 뜻을 이해했다. 그것은 개인을 깎아 내리지 않았다. 그것은 개인을 들어 올렸다. 그것은 개인에게 대사로서의 그의 구실을 깨닫게 했다.
그것은 그 개인에게 다른 사람을 거쳐 하느님의 사자가 되거나 하느님을 위한 길이 되게 만드는 것이었다. 그것은 그에게 자신이 크기 위해서는 자기를 잊어버리라고 했다. 개인이 자기 자신이 중요하다고 오만해지거나 우쭐거리면 길이 즉시 담으로 변하기 때문이다.

내 문명은 하느님에게서 계승해 내려오는 것으로, 자존의 정신, 즉 자기 자신을 통한 인간에 대한 존경도 강론했다.

마침내 나는 어떻게 해서 하느님에 대한 사랑이 사람들에게 서로서로에 대한 책임을 지워 주었으며, 그들에게 희망을 하나의 미덕으로 부과시켰는지를 이해했다. 희망이 각 사람을 같은 하느님의 대사로 만든 것인 만큼 각각의 사람들의 손에 모든 사람의 구원이 들어 있는 것이었다. 자기보다 위대한 이의 사자인 이상 아무도 실망할 권리가 없었다. 실망이란 자기 안에서 하느님을 부정하는 것이다. 희망의 의무는 다음과 같은 말로 표현될 수 있었을 것이다.

'그대는 자기 자신이 그렇게도 중요하다고 믿고 있는가? 그대의 실망 속에는 엄청난 자긍이 들어 있다.'

내 문명은 하느님에게서 계승해 내려오는 것으로서 각 사람에게 모든 사람에 대한 책임을, 모든 사람에 각 사람에 대한 책임을 지워 주었다. 한 개인은 한 집단의 구제를 위해 자기를 희생해야 한다.

그러나 이것은 결코 어리석은 산수를 말함이 아니고 개인을 통해서 인간을 존경함을 말하는 것이다. 과연 내 문명의 위대함은 백 명의 광부가 매몰된 한 광부를 구해 내기 위해 목숨의 위험을 무릅써야 하는 데에 있다. 그들은 인간을 구해 내는 것이다.

나는 이 광명으로 해서 자유의 진정한 의미를 명백히 깨닫는다. 그것은 씨앗의 힘이 미치는 범위에서 나무가 자라는 자유이다. 그것은 인간 상승의 풍토이다. 그것은 하나의 순풍과 같은 것이다. 오직 바람의 덕택으로써만 범선들이 바다에서 자유로울 수 있는 것이다.

 이렇게 생긴 사람은 당연히 나무와 같은 능력을 발휘할 수 있을 것이다. 그 뿌리가 어디까지인들 뻗어 나가지 못하겠는가! 어떤 종류의 인간의 양식인들 빨아들여 양지에 꽃피우지 못할 것이 있겠는가!

27

그러나 나는 모든 것을 망쳐 버렸다. 나는 유산을 낭비했다. 나는 인간의 관념을 썩게 내버려두었다.

개인들을 거쳐 정관(靜觀)한 군주에 대한 숭배며 이 숭배에 근거를 둔 인간 관계의 고귀성을 구하기 위해서 나의 문명은 그래도 상당한 정력과 정신을 소비했다. 인도주의의 모든 노력은 오직 이 목적을 향한다. 인도주의는 개인에 대한 인간의 우위를 밝혀 주고 영속시켜 주는 것을 유일한 사명으로 삼았다. 인도주의는 인간을 강론했다.

그러나 인간을 말해야 하는 경우에는 언어가 불편하게 된다. 인간은 사람들과 구별되는 것이다. 석재 이야기만 한대서야 대성당에 대한 중요한 이야기는 조금도 하지 않은 셈이 아닌가. 사람의 자질을 가지고 인간을 정의하려 든다면 인간에 대해서 중요한 것은 조금도 이야기하지 않은 셈이 된다. 인도주의는 이와 같이 미리부터 막힌 방향으로 노력을 기울였다. 인도주의는 인간이라는 관념을 미리부터 막힌 방향으로 노력을 기울였다. 인도주의는 인간이라는 관념을 논리적 및 윤리적 논법으로 파악해서 그것을 사람들의 양심 안에 같은 방법으로 옮겨 놓으려고 한 것이다.

  말을 가지고 하는 어떤 설명도 절대로 묵상을 대신할 수 없다. 절대자의 순일성은 말로 옮겨 놓을 수 없다. 내가 만일 조국이나 소유지에 대한 사랑을 알지 못하는 문명인에게 그것을 가르치고자 한다면 나는 그들을 감동시킬 만한 아무런 논거도 찾아내지 못할 것이다. 소유지는 밭과 풀밭과 가축으로 이루어졌다. 그것들은 각기, 또 전부 사람을 풍부하게 하는 소임을 가지고 있다. 그렇기는 하지만 소유지를 사랑하는 나머지 그것을 구하기 위해서 파산해도 좋다고 생각하는 지주들이 있는 것을 보면, 소유지에는 물질 분석으로는 이해하지 못할 무엇인가가 들어 있는 것이다. 그보다도 오히려 이 무엇인지가 물질들을 독특한 성질로 고귀하게 만든다고 해야 할 것이다. 이 물질들은 한 소유지의 가축이 되고, 한 소유지의 목장이 되고, 한 소유지의 밭이 되곤 한다.

  이와 같이 사람들도 한 조국의, 한 직책의, 한 문명의, 한 종교의 사람이 되는 것이다. 그러나 이러한 존재들을 내세우려면 우선 그것들을 자기 자신 앞에 세워 놓는 것이 마땅하다. 그리고 조국애가 없는 곳에는 어떤 말도 그것을 옮겨다 주지는 못할 것이다. 자기가 내세우는 존재는 오직 행동으로써만 자기 안에 세워 놓을 수 있는 것이다. 한 존재는 언어의 주권에 속하는 것이 아니고, 행동의 주권에 속하는 것이다. 우리의 인도주의는 행동을 등한시했다. 그것은 시도에서 실패하고 말았다.

긴요한 행동은 여기서 한 이름을 받게 되었다. 그것은 희생이라는 이름이다.

희생은 절단을 뜻하는 것도 아니요, 고행을 의미하는 것도 아니다. 그것은 본질적으로 하나의 행동이다. 그것은 자기가 내세우려는 존재에 자기 자신을 바치는 것이다. 땅을 위해 자기의 일부를 희생하고, 그것을 구하기 위해 싸우고, 그것을 아름답게 꾸미기 위해 고생한 사람만이 땅이라는 것이 무엇인지를 알 수 있다. 그래야만 그의 마음에 그 땅에 대한 사랑이 생겨날 것이다. 땅은 이익의 총계가 아니다. 그것은 그릇된 생각이다. 땅은 희사의 총계이다.

내 문명이 하느님에게 의지하는 동안은 하느님은 사람의 마음 속에 모셔 주는 희생의 관념을 살렸다. 인도주의는 희생의 긴요한 구실을 허술히 여겼다. 그것은 인간을 행동으로 옮겨 놓으려고 하지 않고, 말로 옮겨 놓으려 들었다.

인도주의는 사람을 통한 인간의 직관을 구하기 위해서는 인간이라는 이 말밖에는 가지지 못했다. 우리는 위태로운 내리받이를 미끄러져 내려가서 결국은 일반 사람이나 인간 전체의 표상과 인간과를 혼동할 염려가 있었다. 우리는 대성당을 돌무더기와 혼동할 염려가 있었다.

그리하여 우리는 차차 유산을 잃었다.

개인들을 통해 인간의 권리를 주장해야 할 것을 우리는 집단의 권리 이야기를 먼저 꺼냈다. 우리는 인간을 소홀하게 여기는 집단의 윤리가 살그머니 기어 들어오는 것을 보았다. 이 윤리는 어째서 개인이 공동체를 위해서 자기를 희생해야 하는가를 자세히 설명해 줄 것이다. 그것은 말재간을 부리지 않고서는, 어째서 한 공동체가 단 한 사람을 위해 자기를 희생해야 하는가를 설명하지 못하게 될 것이다. 어찌하여 죄 없이 옥에 갇힌 사람 하나를 구해 내기 위해 천 명이 죽어 마땅한가 말이다. 우리는 아직은 그것을 기억하고 있다. 그러나 차차 잊어버릴 것이다. 그렇지만 우리를 흰 개미집과 명백히 구별해 주는 이 원리에 무엇보다도 우리의 위대함이 들어 있는 것이다.

우리는—유효한 방법이 없으므로—인간에 기초를 둔 인간성에서, 개인의 총화에 기초를 둔 저 흰 개미집으로 미끄러져 내려간 것이다.

국가나 집단의 종교에 우리는 무엇으로 대항했는가? 하느님에게서 나온 인간의 그 위대한 모상은 무엇이 되었던가? 본질을 잃은 어휘를 통해 그것을 겨우 알아볼 수 있는 것이 고작이 되고 말았다.

차차 인간을 잊어버리고, 우리는 우리의 윤리를 개인 문제에 국한시키게끔 되었다. 우리는 각자에서 다른 개인을 해하지 말기를 요구했다. 돌 하나하나에게 다른 돌을 상하지 말라고 요구했다. 돌들이 들판에 아무렇게나 흩어져 있을 적에 서로 해하지 않는 것은 당연하다. 그러나 그 돌들은 그것들이 세울 수 있었을 대성당을 또 그 값으로 그 돌들 자신의 의의를 살려 주었을 대성당을 해치는 것이다.

우리는 계속해서 사람들의 평등을 설교했다. 그러나 인간을 잊고 있었던만큼 우리는 우리 자신이 하는 말을 도무지 알아듣지 못했다.

평등의 근거를 어디에다 두어야 할지를 모르기 때문에 우리는 그것을 막연히 주장해 왔을 뿐이며, 그 주장마저도 사용하지 못했다. 개개인을 따져 볼 적에 현인과 농부 사이의 평등, 바보와 천재 사이의 평등을 어떻게 정의하겠는가? 만일 우리가 평등을 물질 면에서 정의하고 실현시키려 든다면 모든 사람이 같은 자리에서 같은 구실을 해야 한다. 이것은 말이 안 된다. 그렇게 되면 평등의 원칙은 식별의 원칙으로 퇴화한다.

우리는 계속해서 사람의 자유를 설교했다. 그러나 인간을 잊어 버렸기 때문에 우리는 우리의 자유를, 나에게 끼치는 해로써만 제한되는 막연한 방종인 것처럼 정의했다. 이것은 아무 의미가 없는 것이니, 남에게 관련되지 않은 행동이란 도무지 있을 수가 없는 것이다. 만일 내가 군인으로서 스스로 내 수족을 절단하면 나는 총살감이다. 혼자만의 개인이란 있을 수 없는 것이다. 그러므로 공동체를 이탈하는 자는 공동체를 해친다. 우울한 자는 남들도 우울하게 만든다.

이렇게 해석되는 자유에 대한 우리의 권리를, 우리는 극복하지 못할 모순 없이 행사할 수가 없었다. 어떤 경우에 우리 권리가 유효하고, 어떤 경우에 무효하게 되는지를 정의할 수가 없어서, 우리는 모호한 원칙을 살리기 위하여 어느 사회를 막론하고 우리 자유에 필연적으로 가하는 무수한 제한을 위선적으로 보지 못한 체했다.

자선으로 말하면 우리는 감히 그것을 설교할 엄두도 내지 못했다. 옛날에는 존재의 기초가 되는 희생이 사람의 모상을 통해 하느님을 공경할 적에 자선이라고 불렸다. 개인을 거쳐 우리는 하느님이나 인간에게 희사했다. 그러나 하느님이나 인간을 잊고 나서는 이미 개인에게밖에는 희사하지 않았다. 이렇게 되고 보니 자선은 흔히 수락할 수 없는 교섭처럼 보이게 되었다. 물자의 분배에 있어서는 사회가 공정을 보장할 것이지 개인의 기분이 보장하는 것은 되지 못한다. 개인의 품위는 남의 희사로 인해 종의 신분으로 떨어지는 것을 용납하지 않는다. 부자들이 자기 재산의 소유로 만족하지 않고 가난한 자들의 감사까지 요구하게 된다면 그것은 모순일 것이다.

그러나 그릇 해석된 우리의 자선은 무엇보다도 그 목적과 동떨어진 것이 되었다. 온전히 개인에 대한 연민의 정에 근거를 둔 그 자선은 우리에게 교육적 징벌을 일체 금했다. 본래 참된 자선은 우리에게 교육적 징벌을 일체 금했다. 본래 참된 자선은 개인을 초월해서 인간에게 드리는 존중의 실천이므로 인간을 자라게 하기 위해 개인과 싸우기를 요구하는 것이다.

우리는 이리해서 인간을 잃었다. 그리고 인간을 잃음으로써 우리는 우리 문명이 설교해 주던 그 우애의 열정까지도 식어 버렸다. 왜냐하면 사람들은 단순한 형제가 아니고 무엇으로서의 형제이기 때문이다.

분배가 우애를 보장하는 것은 아니다. 우애는 오직 희생으로써만 맺어지는 것이다. 그것은 자기보다 넓은 것에 공동으로 희사하는 데에서 맺어지는 것이다. 그런데 우리는 일체의 진정한 존재에 이 근원과 아무 소용도 없는 축소를 혼동해서, 우리의 우애를 상호간의 관용에서 벗어나지 못하도록 만들어 놓았다.

우리는 희사를 그만 두었다. 그런데 내가 나 자신에게만 주려

든다면 나는 아무것도 받지 못하고 만다. 왜냐하면 나를 거두어 줄 것을 아무것도 세우지 못하니, 결국 나는 아무것도 되지 않고 마는 것이기 때문이다. 그러니까 누가 나더러 이익을 위해 죽으라고 요구해도 나는 죽기를 거절할 작정이다. 이익은 우선 살기를 명한다. 무슨 사랑의 격정이 있어서 죽음을 보상하겠는가? 사람이 집을 위해서 죽는다. 그러나 물건과 벽을 위해서는 죽지 않는다. 사람이 국민을 위해서 죽는다. 그러나 군중을 위해서는 죽지 않는다. 인간이 한 공동체의 핵심인 경우 그에 대한 사랑 때문이라면 사람이 죽을 수 있다. 사람은 그것으로 살 수 있는 것을 위해서만 죽는 것이다.

우리의 어휘는 거의 변함 없는 것 같았다. 그러나 우리의 낱말들은 참된 내용을 잃어 우리가 그것을 쓰려고 들면 헤어날 수 없는 모순에 부딪치게 되는 것이다. 그래서 우리는 이 논쟁을 못 본 체할 수밖에 없게 되었다. 건축할 줄은 모르기 때문에 우리는 결국 돌들을 들판에 아무렇게나 흩어진 채 내버려둘 수밖에 없게 되었고, 우리가 무슨 마을 하는지를 감히 꼬집어 밝히지 못하면서 조심조심 집단에 대해서 말할 수밖에 없게 되었다. 사실 우리는 무엇에 대해서 말하는 것이 아니었으니까. 집단이 무엇 안에서 맺어지지 않는다면 집단이라는 말의 의미가 없는 말이다. 무더기는 존재가 아니다.

우리 사회가 아직도 살 만한 것으로 보일 수 있고 인간이 거기에서 얼마간의 존엄을 유지하고 있었다는 것은, 우리가 무지로 인해 배반하던 참된 문명이 가려진 그 광채를 그래도 우리에게까지 미치게 하고, 우리 자신이 싫어하는데도 불구하고 우리를 구원해 주는 오직 그것 때문이었다.

 우리가 이미 이해하지 못한 그것을 어떻게 우리의 적수들이 이해할 수 있겠는가? 그들은 우리를 아무렇게나 흩어져 있는 저 돌들로밖에는 보지 못했다. 인간을 기억하지 못하는 까닭에 정의할 수 없게 된 집단에다가 그들은 어떤 뜻을 붙여 주려고 해보았다.

 어떤 자들은 대번에 논의의 가장 극단적인 결론에까지 기꺼이 갔다. 이 집단을 가지고 그들은 절대적인 집단이라고 했다. 돌은 돌과 꼭 같아야 한다. 그리고 돌 하나하나는 홀로 자체 위에 군림하는 것이다. 무정부주의는 인간을 존숭하던 것을 기억은 한다. 그러나 그 존숭은 엄격히 개인에게 적용되는 것이다. 그리고 이 엄격에서 생기는 모순은 우리의 그것보다도 더 심한 것이다.

 또 어떤 자들은 들에 흩어져 있는 이 돌들을 주워 모았다. 그들은 집단의 권리를 주장했다. 이 공식도 만족스러운 것이 되지 못한다. 왜냐하면 단 한 사람이 집단을 억압하는 것도 똑같이 용인될 수 없는 일이기 때문이다.

 또 어떤 자들은 힘없는 이 돌들을 가로채 그 무기로 국가를 세웠다. 이러한 국가도 역시 사람보다 나을 것이 없다. 그것 역시 안 무더기의 표현이다. 개인의 손에 위임된 집단의 권력이다. 그것은 다른 돌들과 꼭 같아진다고 주장하는 한, 돌이 돌 전체에 군림하는 것과 같다. 이 국가는 우리가 아직 거부하면서도 홀로 우리의 거부를 정당화시킬 수 있을 인간을 기억하지 못하기 때문에 그 곳으로 향해 우리 자신이 천천히 걸어가고 있는 집단의 윤리를 명백히 설교한다.

 이 새 종교의 신자들은 파묻힌 단 한 사람의 광부를 구해 내기 위해서 자기들의 목숨을 내놓는 것을 반대한 것이다. 그렇게 되면 돌무더기가 손상되기 때문이다. 그들은 중상자가 군대의 전진에 방해가 되면 그를 아주 죽여 버릴 것이다. 그들은 공동체의 이익을 수학에서나 배울 것이다. 그리고 수학은 그들을 지배할 것이다. 그들은 그 수학에서 자기들을 자기 자신보다 나은 것으로 초월하느라고 손해볼 것이다. 따라서 그들은 자기들과 다른 것은 미워할 것이다. 왜냐하면 그들에게는 자기들 위에서 더불어 혼동될 만한 것이 없기 때문이다. 그들 것과 다른 모든 풍속, 모든 종족, 모든 사상이 그들에게는 반드시 모욕으로 여겨질 것이다. 그들은 흡수할 힘이 없는 것이다. 왜냐하면 인간을 자신의 것으로 만들기 위해서는 그것을 절단할 것이 아니라, 인간 자신에게 그를 표현시키고, 그의 동경에 목적을 두고 그 정력에는 행사할 영토를 주는 것이 마땅하기 때문이다. 개종시킨다는 것은 언젠가는 해방시킨다는 말이다. 대성당은 석재를 흡수할 수 있다. 석재들은 거기에서 비로소 뜻있는 물건이 된다. 그러나 돌무더기는 아무것도 흡수하지 못한다. 그리고 흡수할 형편이 되지 못하니까 짓누르고 만다. 이것이 실정이다. 그러나 이것은 누구 탓인가?
 나는 무거운 돌무더기가 아무렇게나 흩어져 있는 돌을 쳐 이긴 것을 괴이하게 생각하지 않게 되었다.
 그러나 가장 강한 것은 나이다.

 내가 만일 나를 재발견한다면 나는 가장 강한 자이다. 만일 우리의 인도주의가 인간을 회복시킨다면 말이다. 만일 우리가 우리의 공동체를 세울 줄 알고, 그것을 세우는 데에 희생이라는 오직 하나밖에 없는 유효한 기구를 쓴다면 말이다. 우리 문명이 세워 놓았던 우리의 공동체 역시 우리 자신의 이익의 총계가 아니고, 우리 희사의 총계였다.

내가 가장 강한 자이다. 왜냐하면 나무가 땅의 성분보다 강하기 때문이다. 나무는 그것을 자신에게로 빨아올린다. 나무는 그것들을 나무로 변화시킨다. 내 성당은 석재 무더기보다 더 빛난다. 내가 가장 강한 자이다. 왜냐하면 내 문명만이 가지각색의 특성을 손상시키지 않고 그의 단일성 안에 맺어 줄 힘이 있기 때문이다. 그것은 샘에서 물을 마심과 동시에 제 힘으로 그 샘에 활기를 부어 준다.

오늘 출동할 적에 나는 주기 전에 받으려 들었다. 내 주장은 쓸데없는 것이었다. 그것은 마지 마음내키지 않는 문법·학습과 같은 것이었다. 받기 전에 주어야 하고…… 살기 전에 먼저 세워야 하는 것이다.

나는 동포에 대한 내 사랑을 어머니가 자신의 사랑을 젖을 줌으로써 세우는 것처럼 이렇게 피를 줌으로써 세웠다. 여기에 신비가 들어 있는 것이다. 사랑을 세우려면 우선 희생부터 시작해야 한다. 사랑은 그 다음에 다른 희생을 청해 그것을 모든 승리에 쓸 수가 있는 것이다. 사람은 언제나 첫걸음을 내디뎌야 한다. 그는 존재하기 전에 우선 태어나야 하는 것이다.

나는 농가의 처녀와 친척 관계를 맺어 놓고 임무에서 돌아왔다. 그 처녀의 미소는 내 눈에 투명하게 비쳐 그 미소를 거쳐 나는 내 동네를 보았다. 내 동네를 통해 나는 내 나라를 보았다. 내 나라를 통해 다른 나라들을 보았다. 왜냐하면 나는 인간을 핵심으로 한 문명에 속하기 때문이다. 나는 노르웨이를 위해 싸우기를 원한 2의 33 비행대의 대원이기 때문이다.

내일 알리아스가 내게 다른 임무를 맡길지도 모른다. 나는 우선 오늘 내 눈에 보이지 않는 어떤 신을 섬기기 위해서 비행복으로 갈아입었다. 아라스의 포화가 지각을 부수었고, 그래서 나는 눈을 떴다. 우리 비행 대원들도 모두 이와 같이 눈을 떴다. 그러니까 새벽에 내가 이륙하면 나는 무엇을 위해 또 싸우는지를 알고 있을 것이다.

그러나 나는 내가 본 것을 생각해 내고 싶다. 생각해 내기 위해 나는 단순한 신조가 필요하다.

나는 개인에 대한 인간의 우선권을 위해—개별적인 것에 대한 보편적인 것의 우선권을 위해 싸우리라.

보편적인 것에 대한 존숭이 개인적인 재산을 높여 주고 결실시켜, 생명의 질서라는 유일한 참 질서를 세운다고 나는 믿는다. 그 뿌리가 가지와 서로 다르다 하더라도 나무에는 질서가 있다.

개별적인 것에 대한 존숭은 죽음을 가져올 뿐이라고 나는 생각한다. 그것은 질서의 근거에 유사하기 때문이다. 그것은 존재의 단일성을 부분의 동일성과 혼동한다. 그리고 석재를 나란히 늘어놓느라고 대성당을 황폐하게 해 놓는다. 그러니까 나는 누구든지 다른 풍속에 어떤 특수한 풍속을 강제로 떠맡기는 자, 다른 민족에게 어떤 특수한 민족을, 다른 사상에 어떤 특수한 사상을 강제로 떠맡기는 자와 싸울 것이다.

나는 인간의 우선권만이 뜻있는 유일한 평등과 유일한 자유를 세운다고 생각한다. 나는 개인을 통해 인간의 권리를 평등을 믿는다. 그리고 자유란 인간의 상승 자유라고 생각한다. 평등은 동일이 아니다. 자유는 인간과 대항해서 개인이 높아지는 것이 아니다. 나는 누구든 집단에 인간의 자유를 예속시키려 드는 자와 싸울 것이다.

나는 내 문명이 인간의 왕국을 세우기 위해 인간에게 바치는 희생을 자선이라고 부른다고 믿는다. 자선은 개인의 범용을 거쳐서 인간에게 주는 희사이다. 그것은 인간을 세운다. 누구든지 나 자신이 범용을 존중한다고 주장해서 인간을 부정하고, 이리하여 개인을 결정적이 범용 속으로 몰아넣는 자와 나는 싸울 것이다.

나는 인간을 위해 싸우리라. 그의 적과 대항해서. 그러나 또 나 자신과 대항해서도.

28

　나는 동료들이 있는 데로 갔다. 우리는 모두 자정쯤 해서 모여 명령을 받기로 되어 있었다. 2의 33 비행대는 졸리다. 활활 타던 화톳불이 숯불 덩어리가 되었다. 비행대는 아직은 견디는 것 같아 보인다. 그러나 그것은 서글프게 들여다보고 있다. 페니코는 한구석에서 벽에 뒷덜미를 기대고 눈을 감고 있다. 가보알은 테이블에 올라앉아 초점 잃은 눈길로 다리를 늘어뜨리고 울먹거리는 어린아이 모양으로 얼굴이 잔뜩 부어 있다. 아장브르는 책을 한 권 펴놓고 꾸벅거린다. 대장만이 활발하게, 그러나 무서울 만큼 창백한 얼굴로 등잔 밑에서 서류를 손에 들고, 쥴레와 무엇인가 작은 목소리로 의논하고 있다. '의논한다'는 것도 명목에 지나지 않는다. 대장이 말을 한다. 쥴레는 고개를 끄덕이며 말한다. '예, 물론이지요.' 쥴레는 그의 '예, 물론이지요'를 되풀이하고 있다. 그는 물에 빠진 자가 헤엄치는 사람의 목을 꼭 끌어안듯 대장의 말에 더욱 더 달라붙는다. 내가 알리아스라면 어조도 바꾸지 않고 이렇게 말하리라. '쥴레 대위…… 그대는 새벽에 총살이요……'라고. 그리고 대답을 기다릴 것이다.

비행대는 사흘째 잠을 자지 않고 종이로 만든 성처럼 위태위태하게 서 있다.

대장은 일어나 라코르데르에게 가서 그의 꿈을 깨운다. 라코르데르는 나하고 장기를 두며 나를 이기고 있는 중이었는지도 모른다.

"라코르데르…… 새벽에 출동하게. 초저공 정찰 임무일세."

"좋습니다, 대장님."

"눈 좀 붙여야 할걸……."

"그러겠습니다, 대장님."

라코르데르는 다시 자리에 앉는다. 대장은 낚싯줄 끝에 죽은 고기를 달고 끌 듯이 쥴레를 뒤에 달고 나간다. 쥴레가 잠을 자지 못한 것이 사흘째가 아니라 한 주일 째는 될 것이다. 알리아스와 마찬가지로 그 역시 조종사로서 전쟁 임무를 수행하는 한편 비행대의 책임도 짊어지고 있다. 인간의 저항력에는 한도가 있다. 쥴레의 한도는 이미 지나쳤다. 그렇기에 헤엄치는 사람이나 물에 빠진 사람과 같은 이 두 사람은 유령을 찾아 나가는 것이다.

브쟁은 의혹에 잠겨 내게로 온다. 자기 자신이 몽유병자처럼 서서 잠을 자는 브쟁이 내게 말한다.

"자네, 자나?"

"나는……."

나는 안락의자 하나를 발견했기에 안락의자 등에 뒷덜미를 기댔다. 잠이 들려는 참이었는데 브쟁의 목소리가 귀찮게 군다.
"재미없게 되었어!"
재미없게 되겠다. 선험적 통과 금지이다. 재미없게 되고 말고……
"자네 자나?"
"아…… 아니…… 뭐가 재미없게 된다는 건가?"
"전쟁이 말이야."
야, 이것은 처음 듣는 소리가. 나는 다시 잠 속으로 기어들어 간다. 나는 어렴풋이 대답한다.
"……무슨 전쟁 말인가?"
"무슨 전쟁이냐는 건 또 뭐야!"
이 대화는 별로 발전하지 않을 것이다. 아아! 폴라여. 비행대에 티롤 출생의 가정 교사들이 배속되어 있었더라면 2의 33 비행대 전원이 잠든 지가 오래 되었을 터인데!
대장이 문을 홱 열어젖힌다.
"결정되었소, 이동이오."
그의 뒤에는 눈이 초롱초롱한 쥴레가 서 있다. 그는 그의 '그러겠습니다, 대장님'을 내일로 미룰 것이다. 그는 오늘 밤도 이 피로하게 하는 사역을 위해 자신조차 알지 못하는 정력의 저장고에서 자신을 차용해 쓸 것이다.
우리는 모두 일어난다. 그리고 말한다.
"아…… 그래요?"
우리가 무슨 말을 더 할 수 있겠는가 말이다.
우리는 아무 말도 하지 않으리라. 우리는 이사할 것이다. 라코르데르 혼자만이 자기 임무 수행을 위해 이륙하려고 날 새기를 기다릴 것이다. 만일 살아서 돌아오면 그는 새 기지로 바로 올 것이다.

내일도 우리는 아무 말도 하지 않으리라. 내일, 방관자들에게는 우리가 패배자일 것이다. 패배자들은 입을 다물어야 한다. 씨앗과 같이.

작품 해설 및 작가 연보

작품 해설

생텍쥐페리는 1900년 6월 29일, 프랑스 제3의 도시 리옹에서 태어났다. 그는 유년 시절을 리옹 근처의 생 모리스 드 레마에서 보냈다.

1914년 10월, 빌프랑슈 쉬르 소온 시의 몽그레 중학교에 들어갔으나, 3달이 지난 다음에 학교를 옮겨 스위스와 마리아니스트 수도회에서 경영하는 성 요하네 학원의 기숙생으로 1917년까지 공부했다.

1917년에 대학 입학 자격 시험에 합격한 그는 그 뒤 1917년까지 보쉬에 고등 학교와 생루이 고등 학교에서 해군 사관 학교 입학 시험을 준비했으나, 구술 시험에서 실패하고 난 뒤 미술 학교 건축과에 들어가 15개월 동안 공부했다. 그가 《어린 왕자》의 삽화를 직접 그린 것도 이것으로 충분히 설명이 된다고 하겠다.

생텍쥐페리는 그 뒤 군에 입대해서 스트라스부르의 제2 전투기 연대에서 복무했는데, 처음에는 수리 공장에 배속되었다가 나중에는 조종사가 되었다. 이렇게 해서 어린 시절 꿈의 하나였던 비행사 직업의 터전을 다졌다. 그러다가 사관 생도로서 모로코의 카사블랑카에 파견되어 1922년까지 머물렀고 제33 비행 연대 전투 비행단에 소위로 복무했다.

제대 후에 회사원이 되었으나 그는 기회가 있을 때마다 비행기 조종간을 잡았다.

한편, 그의 어릴 때 꿈의 하나였던 문필을 놓는 일 없이 늘 이 길로 정진해서, 1925년에 《르나비르 다르장》이라는 잡지에 《비행사》라는 짤막한 중편 소설을 발표했다.

1926년 10월, 에어 프랑스의 전신인 라테코에르 항공 회사에 입사해서 《야간 비행》의 주인공 리비에르로 알려진 디디에 도라를 알게 되고, 1927년 봄에는 바세르·메르모즈·가요메·레크리뱅 등 그의 작품에 자주 나오는 동료들과 함께 툴

루즈—카사블랑카, 다카르—카사블랑카 사이의 우편 비행을 담당했다.

그리고 그는 카프즈비의 간이 비행장 책임자로 18개월 동안을 불귀순 지구 바로 근처에서 비적들의 위협을 받으며 근무했고, 근무하는 틈틈이 《남방 우편기》를 집필해서 1928년 귀국했을 때 출판했다.

생텍쥐페리는 1929년 5월에 아르헨티나 우편 항공 회사 영업 주임으로 임명되었다. 1930년 9월 13일, 그의 동료인 기요메가 22회째 안데스 산맥 횡단 비행을 하다가 폭풍설에 갇혀 소식이 끊겼다. 그러자 생텍쥐페리와 델레가 5일 동안 수색 활동을 벌였으나 발견하지 못했는데, 기요메가 자기 힘으로 닷새 낮과 나흘 밤을 걸어 살아 돌아온 기적과 같은 사건이 있었다. 이 이야기는 《인간의 대지》에 소개되어 있다.

이 무렵에 《야간 비행》을 집필했는데, 그중 가장 중요한 인물은 리비에르, 즉 디디에 도라였다.

1931년, 우편 항공 회사의 복잡한 사내 사정으로 도라가 영업 부장을 그만두자 생텍쥐페리와 몇몇 동료들이 그와 행동을 같이 했고, 그 해에 그는 두 번째 작품 《야간 비행》을 발표하여 12월에 페미나 문학상을 받았다. 이리하여 그는 작가로서 공인된 셈이었다.

1935년 5월에는 《파리 수아르》 특파원으로 모스크바에 다녀왔고, 같은 해에 에어 프랑스사의 주최로 동료 두 사람과 함께 시문 기(機)를 몰고 지중해를 일주하며 강연했다.

같은 해 12월, 파리와 사이공 간 연락 비행을 시도해서 이전에 세운 자피의 기록을 깨뜨리기로 결정, 이집트를 향해 출발했다. 그러나 카이로에 도착하기 약 200킬로미터 앞에서 사막에 추락해서, 기관사 프레보와 함께 닷새 동안을 걸어 죽기 직전에 베두 인 대상에게 발견되어 구조되었다. 이 사건도 《인간의 대지》에 자세히 묘사되어 인간의 의지력이 얼마나 굳세며, 책임감이 얼마나 투철한지를 보여 주었다.

1937년 9월에는 자기의 시문 기로 뉴욕과 테르드푀(남아메리카 남단의 섬) 간 장거리 비행에 대한 공군성의 허가를 얻고 뉴욕으로 건너가서 과테말라에 도착했다가 다시 이륙할 때에 추락, 중상을 입었다. 그는 뉴욕으로 돌아가 정양을 한 뒤, 귀국할 때에 몇 해 동안 조종사로 일하는 틈틈이 써 놓은 많은 원고를 가지고 왔으니, 이것이 《인간의 대지》이다. 이것은

1939년 6월에 출판되었다. 같은 해 6월에는 이 작품이 《바람과 모래와 별들》이라는 제목으로 미국에서 출판되어 그 달의 좋은 책으로 선정되었고, 프랑스에서는 1939년도 아카데미 프랑세즈 소설 대상을 받았다.

1940년, 그는 2의 33 정찰 비행단 소속중 기요메가 추락해서 전사했다는 소식을 듣고 다시 대서양을 건너가 뉴욕에서 프랑스를 위한 미국의 원조를 호소하는 운동을 전개함과 동시에 작품 집필을 계속했다. 이리하여 1942년 2월에 《전시 조종사》 영문판인 《아라스 전선 비행》을 출판했고, 역시 뉴욕에서 《어느 볼모에게 부치는 편지》와 유명한 동화체의 작품 《어린 왕자》를 내놓았다.

1943년 8월에는 알지에로 돌아가 조그만 방에서 지내며 제트기 원리를 연구함과 동시에 《성채》 원고를 집필하기 시작했다.

1944년, 그는 2의 33 정찰 비행단에 복귀해서 그로노블과 안스시 지구에 마지막 출격 허락을 받고 떠났으나 영영 돌아오지 못했다. 독일군 정찰기에 의해 격추되었으리라는 의견이 지배적인데, 이렇게 해서 행동주의 작가였던 생펙쥐페리는 44세라는 나이로 요절하고 말았다.

 생텍쥐페리의 작품에는 언제나 책임감과 의무감이 공통적인 사상을 이루고 있으며, 따뜻한 인간애가 일관된 기조로 표현되고 있다. 이 중에서도 《전시 조종사》는 작품 전체가 정찰 임무 수행중에 조종사가 하는 명상으로 되어 있다. 국가 흥망의 의의, 인간의 본질, 프랑스 문명의 정수, 패전의 원인 따위에 대한 묵상이 전편을 흐르고 있다.

작가 연보

1900년   6월 29일 리옹에서 태어남.
1912년   명 비행사 베르린과 앙베리외 비행장에서 처음으로 비행기를 탐.
1917년   대학 입학 자격 시험에 합격.
1919년   해군학교 입시에서 구술 시험에 낙방. 미술 학교 건축과에서 15개월 동안 수강함.
1921년   군에 입대. 조종사 훈련을 시작.
1923년   제대. 이 무렵 루이즈 드 빌몰랑과 약혼한 뒤 보알롱 타일 제조 회사에 제품 검사원으로 입사.
1925년   《르나비르 다르장》지에 《비행사》를 발표. 10월, 라 테코에르 항공 회사에 입사.

1927년	툴루즈 — 카사블랑카, 카사블랑카 — 다카르의 정기 우편 비행을 담당. 이 무렵 밤을 이용해서 《남방 우편기》를 집필하기 시작.
1928년	앙드레 부크렐의 서문을 붙여 《남방 우편기》 간행.
1929년	아르헨티나 우편 항공 회사의 영업 주임으로 임명됨.
1931년	콘수엘로와 결혼. 《야간 비행》 간행으로 페미나 상을 수상함.
1935년	《파리 수아르》지 특파원으로 모스크바에 취재차 파견. 12월, 파리—사이공 간의 비행 기록 갱신 비행 도중 기관 사고로 리비아 사막에 불시착, 5일 동안 사경을 헤맨 뒤, 베두 인 대상에게 구조됨.
1937년	《파리 수아르》지 특파원으로 스페인 내란 취재.
1938년	과테말라에서 추락 사고를 일으켜 뉴욕으로 돌아와 요양. 여기 머물면서 《인간의 대지》를 완성.
1939년	《인간의 대지》로 아카데미 프랑세즈에서 소설 대상을 받음. 제2차 세계 대전 발발로 2의 33 정찰 비행단에 소속되어 알지에로 파견.

1940년 각종 작전에 출격하면서 5월에는 아라스 상공의 정찰 임무를 수행.《성채》원고를 집필.
1941년 되돌아온 아내 콘수엘로와 함께 도미, 뉴욕에 정주하면서《전시 조종사》집필함.
1942년 뉴욕의 프랑스 협회 출판부에서《전시 조종사》가《아라스 전선 비행》이라는 영역판으로 간행, 같은 해 프랑스에서도 출간되었으나 독일 점령군으로부터 발매 금지당함.
1943년 《어느 볼모에게 부치는 편지》를 뉴욕에서 발표한 데 이어 4월에는《어린 왕자》를 발표함.
1944년 7월, 마지막 출격차 코르시카 섬 보르고 기지를 떠났으나 그로노블—안스시 방면에서 끝내 돌아오지 못함.
1948년 유고《성채》가 갈리마르 사에서 간행됨.

안 응 렬
- 가톨릭대 철학과 졸업
- 서울대, 성균관대, 서강대 강사
- 한국외국어대 교수
- 역서 : 《한국 천주 교회사》, 《전원 교향악》, 《팡세》, 《퀴리 부인》 외 다수
- 저서 : 《한불 사전》(공저) 외

판권본사소유

(밀레니엄북스 21)
전시 조종사

초판 1 쇄 발행 | 2003년 7월 30일
초판 3 쇄 발행 | 2010년 2월 25일

지은이 | 생텍쥐페리
옮긴이 | 안 응 렬
펴낸이 | 신 원 영
펴낸곳 | (주)신원문화사

주　소 | 서울시 영등포구 당산동 121-245 신원빌딩 3층
전　화 | 3664-2131~4
팩　스 | 3664-2130

출판등록 | 1976년 9월 16일 제5-68호

＊ 잘못된 책은 바꾸어 드립니다.

ISBN　89-359-1129-1　04860